NINGBO
CULTURE
SERIES

(SET 3)

宁波
文化丛书
第三辑

宁波文化丛书（第三辑）

主编 郁伟年 杨 劲

泠泠唐音
唐诗咏宁波全解

李亮伟 编著

宁波出版社

作者简介

李亮伟,四川威远人,宁波大学教授,长期从事中国古代文学教学与研究,著有《涵泳大雅——王维与中国文化》《中国古代山水文学散论》以及词作《冰壶集》,合著有《由拳集校注》等。

目录

综　述　　　　　　　　　　　　　　　　　　　001

贺知章　　　　　　　　　　　　　　　　　　013
　　董孝子黯复仇 / 013
李　白　　　　　　　　　　　　　　　　　　016
　　早望海霞边 / 016
岑　参　　　　　　　　　　　　　　　　　　022
　　送任郎中出守明州 / 022
严　维　　　　　　　　　　　　　　　　　　025
　　余姚祗役奉简鲍参军 / 025
刘长卿　　　　　　　　　　　　　　　　　　030
　　游四窗 / 030
　　送州人孙沅自本州却归句章新营所居 / 033
戴叔伦　　　　　　　　　　　　　　　　　　036
　　送谢夷甫宰余姚县 / 036
孟　郊　　　　　　　　　　　　　　　　　　039
　　送萧炼师入四明山 / 039
法　常　　　　　　　　　　　　　　　　　　042
　　答盐官齐安国师见招二首 / 042
武元衡　　　　　　　　　　　　　　　　　　045
　　送寇侍御司马之明州 / 045

于季友 ······ 048
　　范处士在育王寺书碑因以寄赠 / 048

范 的 ······ 051
　　时在育王寺书石字奉酬中丞使君寄赠四韵依次用本韵 / 051

白居易 ······ 054
　　寄明州于驸马使君三绝句 / 054

施肩吾 ······ 058
　　同诸隐者夜登四明山 / 059
　　宿四明山 / 061
　　忆四明山泉 / 063
　　寄四明山子 / 065

邢允中 ······ 067
　　洗钵潭 / 067
　　驻锡峰 / 069

许 浑 ······ 071
　　晓发鄞江北渡寄崔韩二先辈 / 071

周 贺 ······ 075
　　四明兰若赠寂禅师 / 076
　　寄宁海李明府 / 078

张 祜 ······ 081
　　题余姚县龙泉寺 / 082

酬余姚郑模明府见赠长句四韵 / 085

胡幽贞　　　　　　　　　　　　　　　　　　　088
　　归四明 / 088

方　干　　　　　　　　　　　　　　　　　　　090
　　登雪窦僧家 / 091
　　游雪窦寺 / 093
　　题雪窦禅师壁 / 095
　　游岳林寺 / 098
　　贻亮上人 / 100
　　题龙泉寺绝顶 / 103
　　再题龙泉寺上方 / 105
　　题慈溪张丞壁 / 108

李　频　　　　　　　　　　　　　　　　　　　110
　　游四明山刘樊二真人祠题山下孙氏居 / 110
　　明州江亭夜别段秀才 / 113

宗　亮　　　　　　　　　　　　　　　　　　　115
　　它山歌 / 115
　　它山堰 / 119
　　咏范供奉礼舍利塔 / 121
　　灵鳗井 / 123

陆龟蒙　　　　　　　　　　　　　　　　　　　126

秘色越器 / 126

四明山诗（并序）/ 130

 石　窗

 过　云

 云　南

 云　北

 鹿　亭

 樊　榭

 潺湲洞

 青棂子

 鞠　侯

皮日休 152

奉和鲁望四明山九题 / 152

 石　窗

 过　云

 云　南

 云　北

 鹿　亭

 樊　榭

 潺湲洞

 青棂子

鞠　侯

崔道融 168
　　雪窦禅师 / 168

吕　岩 171
　　题四明金鹅寺壁 / 171

贯　休 174
　　怀四明亮公 / 174
　　寄四明闾丘道士二首 / 176

乐仁厚 178
　　候涛山 / 178

徐　夤 180
　　贡余秘色茶盏 / 180

黄　滔 185
　　赠明州霍员外 / 185

杜荀鹤 188
　　别四明钟尚书 / 188

陈长官 191
　　下狱有作 / 191

契　此 193
　　插秧偈 / 193

蒋宗简 195

颂布袋和尚 / 195
无　作 ———————————————————— 197
　　　谢武肃王 / 197
延　寿 ———————————————————— 199
　　　姜山五峰咏 / 199
　　　　金鸡峰
　　　　蛾眉峰
　　　　积翠峰
　　　　凌云峰
　　　　白马峰
　　　夜坐诗 / 205

后　记 ———————————————————— 208

综述

一

　　唐代诗人咏宁波之诗，以今之宁波市行政区域为空间范围来收录；其题材内容须是明确写宁波且占主要篇幅的作品。这里"唐代诗人"的概念，包含唐代和五代时期诗人，同《全唐诗》的做法。这样，共得35位诗人的80首诗歌。

　　区域的界定是必须的。上溯宁波沿革历史至隋唐，隋开皇九年（589），废鄞县、鄮县、余姚县，其属地与句章县合并，总称句章县；唐武德四年（621），还原原鄮县、鄞县、句章三县，置鄞州；武德八年（625），废鄞州，鄞、鄮、句章三县合并，总称鄮县，属越州；唐开元二十六年（738），分鄮县为慈溪、奉化、鄮县、翁山（今舟山）四县，置明州。象山县为唐神龙二年（706）立，属台州；广德二年（764）后，改隶明州。在唐代，宁海县属台州，余姚县属越州。今俱属宁波，所以歌咏宁海、余姚的唐诗，同为本书所收录。遵循一样标准，在唐代本属明州所辖、今却为舟山市的唐诗，如李中《赠海上观音院文依上人》，本书不能收，当留与舟山市。否则，就失去了收录歌咏宁海、余姚唐诗的理由。标准必须统一。

　　诗歌的题材内容须是明确写宁波的。题材内容包括自然与人文景物、人事、风土、社会生活等等。不论诗人籍贯、处所，只要是写宁波的唐诗，都收录。宁波籍诗人的作品，或生活（如仕宦、宗教寄居等）在宁波的外籍诗人的作品，如果不符合这一条件，不收录本书。例如，唐代宁波籍诗人中，初唐余姚虞世南、晚唐五代奉化孙郃，今存诗歌中都没有歌吟宁波的作品，所以在本书中，他们是缺席的。

有的诗歌虽然内容涉及宁波，但仅一两句，不占主要篇幅，不收录。例如，中晚唐时期的宁波籍诗人吴商浩，屡应举不第，曾漫游巴蜀、塞上。今存诗九首，其中五首在写异乡的游历见闻中都流露出游子思乡之情。不可否认，家乡宁波在诗人的心中是具体的、形象的，可是出现在诗歌中却只是一个词语，一个概念，一句念想，缺乏对家乡的具体描写，所以不录入本书中。

唐五代时生活在宁波地域的僧人有的颇会作诗。这是一个特殊的诗人群体，他们直接歌咏宁波事物的诗，当然收录。他们流传下来的诗偈，若诗中借用普遍事物以说佛义禅理，与宁波地域关系不大的，不录；关系大的，则录之。如契此有23首诗偈，本书只选了其中一首《插秧偈》，因其为"受田夫斋后答田夫"。

本着实事求是的原则收录作品。下面这些诗歌，在一些书籍中误录为唐人写宁波的作品，已经被部分读者接受，认为是写宁波的唐诗。因此，有必要予以列出，表明本书不收录的原因。

其误有两种情形：一是后人之作，误作唐人诗；二是地点指认之误，而当作写宁波的诗。

前者有：

1.《全唐诗》误收元人丁鹤年《二灵寺守岁》为唐戴叔伦诗。

诗云："守岁山房迥绝缘，灯光香灺共萧然。无人更献椒花颂，有客同参柏子禅。已悟化城非乐界，不知今夕是何年。忧心悄悄浑忘寐，坐待扶桑日丽天。"

二灵寺在宁波东钱湖，建于宋代，中唐戴叔伦时代，该寺尚不存在，亦未见戴叔伦曾游明州的踪迹。这首诗另见于丁鹤年《鹤年诗集》卷二《哀思集》，题目相同。且丁鹤年还有其他写二灵寺的诗。该诗应为丁鹤年所作。

2.《全唐诗续拾》卷四十六延寿名下,据清光绪三十四年(1908)刊张美翊纂《奉化县志》卷四录入《游上雪窦》诗。该诗非延寿所作,应为宋释昙颖之诗。

《游上雪窦》:"下雪窦游上雪窦,过云峰后望云峰。如趋仙府经三岛,似入天门彻九重。无日不飞丹洞鹤,有时忽起隐潭龙。只应奉诏西归去,此境何由得再逢。"黄宗羲《四明山志》卷二昙颖名下已录此诗。宋释昙颖(989—1060),晚于延寿85年出生,曾主持雪窦寺,事见惠洪《禅林僧宝传》卷二七、普济《五灯会元》卷一二。此诗应为昙颖作,今《全宋诗》收入。

3.《全唐诗续拾》卷四十六延寿名下,据光绪三十四年刊张美翊纂《奉化县志》卷四录入《同于秘丞赋瀑泉》诗。该诗非延寿所作,应为宋释重显之诗。

《同于秘丞赋瀑泉》:"大禹不知凿,来源亦自成。色应怜众白,声合让孤清。远势曾吞海,飞流欲喷鲸。灵槎如可泛,天际问归程。"宋释重显著《祖英集》卷上有此诗,个别文字有差异。重显(980—1052),晚于延寿76年出生,主持雪窦寺达31年。重显《祖英集》中还有《寄于秘丞二首》《辞于秘丞》《和于秘丞见召之什二首》等,于秘丞为同一人。故此诗应为重显所作,今《全宋诗》收入。

4. 民国《象山县志》收后人所作为唐孔侯遗诗,今人取用时加标题《遗诗》,均误。

《遗诗》:"关津扼要独秉乾,万丈中霄剑气寒。百行终须由孝立,功勋切莫等闲看。"孔侯,失其名,以"侯"称,是被立祠庙作为神祇的尊封。其事见宝庆《四明志》卷二十一《象山县志·存古》:"孔侯墓,县之童翁浦。侯姓孔,行第七,失其名,即此浦人也。性刚志烈,义不苟合,乡里敬而惮之。唐咸通中,有富都巡吏刘赞,梦侯告曰:'予平生以忠义处世，今死矣。上帝录吾之善，姓名已籍水府真录，然吾尸犹泛滥于沙浦间。子能收而窆之，且创数楹，俾吾有栖托，必为民利。'赟访得尸，果如所梦，乃敛葬于此，立祠以祀之。今定海县有助海侯庙，兵部侍郎皮光业记，即侯也。"又宝庆《四明志》卷十九《定海县志·叙祠》"助海显灵侯庙"条记载基本相同，光绪《镇海县志》沿载。而从该诗内容看，明显为后人题孔侯庙之作。

5.《宁波地名诗》误收《题瓶壶峰》为唐宗亮诗，实为元刘仁本之作。

《题瓶壶峰》："红树鸟啼知客到，碧潭龙出有云从。老僧求作石桥记，指点瓶壶说旧踪。"瓶壶峰，即灵峰山，今属宁波市北仑区大碶街道所辖。此诗实为元刘仁本《过灵峰寺》的后四句。全诗是："曲折青山路几重，又扶短策上灵峰。此中原是三摩地，乱后新栽四万松。红树鸟啼知客到，碧潭龙出有云从。老僧求作石桥记，指点瓶壶说旧踪。"见刘仁本《羽庭集》卷二。

后者有：

1. 黄宗羲《四明山志》卷七《诗括》认为，东汉刘晨、阮肇遇仙之迹在四明山石窗，从而把晚唐诗人曹唐《刘晨阮肇游天台》《刘阮洞中遇仙子》《仙子送刘阮出洞》《仙子洞中有怀刘阮》《刘阮再到天台不复见仙子》这五首诗，都算作四明山诗。其"刘阮遇仙之迹在今石窗"的理由不成立，则曹唐这五首诗不应算作四明山诗。

黄宗羲说："四明、天台初为一山，同谓之天台。刘阮遇仙之迹在今石窗。其后分为四明，人但知刘阮入天台，不知实在四明也。"从条件并不能得出"刘阮遇仙之迹在今石窗"的结论，其逻辑错误不辩自明；且未说明"迹"是什么。黄宗羲之前，史料无任何关于刘阮遇仙之迹在四明石窗的说法。刘阮入天台山采药遇仙女的传说，始出南朝宋刘义庆志怪小说《幽明录》；流传到晚唐，故事情节和典故内涵又经小说家、诗人的不断加工而丰富。曹唐早年做过道士,后举进士不第。因追慕古仙人,作大小"游仙诗"近百首,其中刘阮系列五首,属"大游仙诗"("大游仙诗"为七律,"小游仙诗"为七绝)。细玩这五首诗的内容,看不出与四明石窗有任何联系。唐代诗人对刘阮遇仙之事颇感兴趣,所咏亦多,若以黄宗羲的说法为标准,则唐诗又何止曹唐这五首可收为四明山诗耶?所以本书不收为唐人咏宁波的诗歌。

2.《宁波地名诗》鄞州区"北渡"条下,误收陆龟蒙《北渡》诗。陆龟蒙该诗之"北渡",不是渡口之名,也与宁波无关。

《北渡》:"江客柴门枕浪花,鸣机寒槠任呕哑。轻舟过去真堪画,惊起鸧鹒一阵斜。"在陆龟蒙《甫里集》中,它的上一篇叫《南征》,正相对应。陆龟蒙是苏州人,他没有到过宁波。

3.《宁波地名诗》镇海区"巾子山"条下,误收任翻《宿巾子山寺》。该诗之"巾子山",不是宁波市镇海区的巾子山,因山名相同致误。

《宿巾子山寺》:"绝顶新秋生夜凉,鹤翻松露滴衣裳。前峰月映半江水,僧在翠微开竹房。"该诗之巾子山,在台州城(今浙江临海市)东一里。任翻(一作"蕃"),唐末江南人(一说赤城人),寓居台州。从宋林师蒧编《天台前集》卷下、宋赵与虤《娱书堂诗话》、宋吴子良《荆溪林下偶谈》卷四、元辛文房《唐才子传》卷七、元杨士弘编《唐音》卷十四等文献载录情况看,该诗明确作于台州。任翻今存诗19首,另有《再游巾子山寺》《三游巾子山寺感述》。其中《再游巾子山寺》有言:"灵江江上帻峰寺,三十年来两度登。"巾子山即在临海城边的灵江之滨。

4.《宁波地名诗》鄞州区"太白山与天童寺"条下,误收项斯《题太白山隐者》和顾非熊《寄太白无能禅师》,二诗之"太白山",不在宁波。

项斯《题太白山隐者》:"高居在幽岭,人得见时稀。写篆肩虚白,寻僧到翠微。扫坛星下宿,收药雨中归。从服小还后,自疑身解飞。"顾非熊《寄太白无能禅师》:"太白山中寺,师居最上方。猎人偷佛火,栎鼠戏禅床。定久衣尘积，行稀径草长。有谁来问法，林杪过残阳。"太白山隐者、无能禅师，均不可考。

山之名为"太白"者若干。项斯，台州临海人，会昌四年(844)进士。顾非熊，苏州海盐(今属浙江)人，顾况之子，会昌五年(845)进士。他们都曾因科举滞留长安，漫游周边，足迹及于巴蜀秦陇。秦陇之地，即有两太白山。宋人潘自牧编《记纂渊海》卷二十四"庆阳府"下，其"形胜"有"太白山，在府城北，黑水河发源于此"；"集诗"，便录有项斯和顾非熊这两首(项诗录前四句)。秦岭之太白山，则为唐代"太白山"之最著名者，即李白《蜀道难》"西当太白有鸟道，可以横绝峨眉巅"之"太白"。故今之学者将项、顾二诗之"太白山"解作秦岭太白山。上述两太白山虽难确认，然符合二人之行踪。若将二诗之"太白山"断为宁波太白山，则无任何根据。

5.《宁波地名诗》奉化"剡溪"条下，收杨凌《剡溪看花》诗。此亦缺乏根据，因溪名相同致误。

《剡溪看花》："花落千回舞，莺声百啭歌。还同异方乐，不奈客愁多。"唐代诗歌写到剡溪的作品若干，除了方干《游岳林寺》"古刹剡东寻"句之"剡"字可以理解为奉化之剡溪，其他均指曹娥江上游之剡溪，而无一指奉化之剡溪。杜甫在《壮游》诗中，自云游越所得之审美赏悦："越女天下白，鉴湖五月凉。剡溪蕴秀异，欲罢不能忘。"剡溪所蕴之"秀异"，当然指包含"花"在内的所有胜景。剡溪"花"之美，似已为诗人所公认，早于杨凌的李颀在《送山阴姚丞携妓之任兼寄苏少府》诗中说："落日花边剡溪水，晴烟竹里会稽峰。"李嘉佑在《和袁郎中破贼后经剡县山水上太尉》诗中说："破竹清闽岭，看花入剡溪。"所以，除非确实有依据，杨凌该诗之"剡溪"不能认定为奉化剡溪。

以上诗歌，由于上述书籍收录，不时见到报刊文章引用为写宁波的诗歌，今笔者不忌多言以指误，目的只有一个：避免再以讹传讹。

二

  唐诗是中国文化的精华,浙江是唐代诗人歌吟最多的地区之一。2018年开始,浙江省政府把唐诗之路的振兴、建设作为文化、经济发展战略来抓;2019年,颁发了《浙江省诗路文化带发展规划》(浙政发〔2019〕22号)。全省多部门联动,相关地市进行摸底、调查、开发。宁波市发改委的徐徐处长曾找到我,了解唐代诗人写宁波的情况。我作了大致介绍,并提供了临时选出的写宁波的唐诗。

  唐诗是中国诗歌的顶峰,今日喜欢唐诗的读者众多。满足社会的需求,是整理研究唐诗的目的之一;让更多的读者读懂唐诗,也是研究者应当承担的责任。宁波出版社总编辑袁志坚先生策划出版"宁波文化丛书"第三辑,邀我写一本关于宁波诗歌方面的书。我便想到,尽量将唐人歌咏宁波的诗歌收录齐全,作详细解说,不是很好吗?宁波人阅读歌咏本土的唐诗,不是会感到很亲切吗?外地读者了解古代宁波,这不是一条路径吗?唐诗之路宁波支线的作品,不是可以得到更进一步整理和内涵抉发吗?……与志坚先生一交流,便得其应允,于是心无旁骛,查阅文献,俯首书案,欣然命笔。

  审慎选录唐人歌咏宁波的诗歌是首要工作。不误收,也尽量不遗漏。经过筛选,本书最终收录80首唐诗。

  本书所收诗歌基本按照诗人出生或生活年代的先后顺序排列。每位诗人作一简介,但尽量减少泛泛介绍的文字,而重视写入对所录诗歌解读有用的信息。

  对每首诗歌进行解读是重点工作。但因属于丛书之一,受到总字数的限制,解读文字需尽量做到简练(实际未必做到了)。考虑到通俗性和普及性,解读包括疏通诗句大意、解释词语、概括思想内容、点评艺术性、抉发文化或审美价值等等。但不是每篇都面面俱到，而是视其情况有所侧重。

这些诗歌内容广泛涉及宁波的自然和人文景观、风土、人事、社会环境和生活状况、宗教文化等等。可以看出，唐代的宁波是一个充满诗情画意的地方，同时也是诗人抒发情怀与书写人生的一方舞台。

这些歌咏宁波的唐诗是宁波文化的组成部分。唐代之前，几无歌咏宁波的诗歌，歌咏宁波的唐代诗人创造了唐代宁波的诗歌文化。而从本书35位诗人的籍贯看出，他们绝大部分是外地人，有的甚至还不曾到过宁波。这个现象带给我们思考，所谓宁波文化，并非本土原生文化内循环的结果。优秀、先进文化的不断植入和融合，才使区域文化发展、壮大起来，具有长久的活力。

从艺术水准看，这些诗歌的整体质量与唐诗整体水平相当。对宁波而言，这80首唐诗具有特殊的文化价值和审美价值。读者试叩弹之、倾聆之，便有泠泠之音自大唐而来，空灵、清妙、不绝于耳……

本书配图若干，多数图片选自古人图画，少数为今人摄影。除特别标注，其余大都由笔者拍摄。

贺知章

> 贺知章(659—744),越州永兴(今杭州萧山)人,早年移居山阴(今绍兴)。证圣元年(695)举进士。初授国子四门博士,迁太常博士。后来担任过礼部侍郎、工部侍郎等职,迁至太子宾客,兼秘书监。为人颇任性情,放旷不羁,晚年自号"四明狂客"。天宝三载(744),因病上书请求还乡为道士,玄宗诏赐镜湖剡川一曲,并制诗赠行,朝臣亦多有赠诗。回镜湖后卒于是年。

董孝子黯复仇

十年心事苦,惟为复恩仇。
两意既已尽,碧山吾白头。

此诗,孙望先生采自民国张寿镛刻《四明丛书》第一集中的《贺秘监集》,收入《全唐诗补逸》卷五。

董黯是东汉会稽郡句章县人,其报恩与复仇的故事长期在民间流传。今能见到最早的文献记载,是东晋会稽余姚人虞预所著《会稽典录》收录的虞翻(三国时人)作《孝子董公赞》:"尽心色养,丧致其哀。单身林野,鸟兽归怀。愤亲之辱,白日报仇。海内闻名,昭然光著。"惜仅录赞语,故事未载。但报恩养亲与复仇两大情节已是齐全的。进而从唐宋时期的文献①看，其故事主线明晰，大致是董黯家贫少孤，事母尽孝，使得母亲身体健康，心情愉悦。有个邻居的儿子很不孝顺，他的母亲就用董黯之孝来比醒他。结果这个不孝子便对董家心生忌恨，趁董黯外出，苦辱董黯的母亲。董黯得知后，非常痛恨，欲报仇，又生虑母之忧，便隐忍于心中。直到母亲归寿，完孝之后，董黯复仇雪恨，杀了邻居不孝子，斩其首以祭于母墓，然后主动自囚投案。有司奏闻和帝，诏释其罪，还召拜为郎。董黯不就。

虽然这个故事在流传过程中可能渐有敷衍，但大致可据此逆时而上，以解读贺知章的这首《董孝子黯复仇》，对应起来，颇为吻合。

这是一首古体五言绝句。

"十年心事苦，惟为复恩仇"，概括孝子董黯十年专注于一事：报恩与复仇。诗人在质朴的叙述中，蕴含高度的赞许之情。这符合诗人的豪爽性格，也具有盛唐人的豪侠气息。"十年"，谓时间之长。"心事"，即尽孝之心事与复仇之心事。"苦"，意谓艰难、不易。尽孝方面，文献所称诸事，如"独立事亲，不匮饮菽，以尽其欢，柔色以温"，"事母尽孝，采薪供养，甘果美味，奔献于母"，"母疾，嗜句章溪水，远不能常致。黯遂筑室溪滨，板舆就养，厥疾乃瘳"，母亡而"丧致其哀，单身林野，鸟兽归怀"，"负土成垄"，"恸深切"，等等，是具体而微的，恐非全出一时杜撰。事母尽孝，乃非一朝一日，当然"苦"，然此"苦"无怨。复仇方面，文献载其如"愤亲之辱，白日报仇"，"枕干不言，卒斩东邻，祭于中野"，"黯恨入骨……枕戈不言。一日斩寄首以祭母，自白于官"，长期忍辱以复仇，且董黯自知杀人违法，必有惩处，而此"苦"不辞！至于诏释其罪，且旌异行，召拜郎官，海内闻名，昭然光著，那是董黯不曾想到的。

---

① 这些文献包括：唐大历间明州刺史崔殷所撰董孝子庙碑文、宋楼钥《慈溪县董孝子庙记》、宋张津等撰乾道《四明图经》、宋罗濬撰宝庆《四明志》等。

● 董孝子庙

"两意既已尽,碧山吾白头",谓董黯报恩、复仇心事完成,偶然获释,拜官不就,甘愿隐居碧山以终老。诗人赞美其高尚人格,也是自身隐逸思想的自然流露。贺知章之荣禄已是常人所难企及,然而其内心实别有所尚。晚年请求还乡为道士,唐玄宗《送贺知章归四明》诗序称"太子宾客贺知章……志期入道……"云云,可知其确有一致处。总之,全诗不假雕琢,而蕴含无限感慨,体现出自家情怀。

董黯的故事在宁波产生、传播,是本邦慈孝文化、隐逸文化的源头之一。今天,或赏玩大隐溪水之潺湲,或寻思慈溪县名之寓意,或进入董孝子庙观瞻……若能融会贺知章该诗的意蕴,定然令人遐思、缅怀不已。

李 白

> 李白(701—762),盛唐诗人。贺知章奇其姿,见其诗,呼为"谪仙人"。李白好游,自云"五岳寻仙不辞远,一生好入名山游""自爱名山入剡中",一生三次游越。

早望海霞边

四明三千里,朝起赤城霞。
日出红光散,分辉照雪崖。
一餐咽琼液,五内发金沙。
举手何所待,青龙白虎车。

李白另有一首《天台晓望》诗,是早晨在天台山华顶的望海之作,而本诗标题也是早晨望海;两首诗都写到"赤城霞",都写景壮观,联想丰富,仙道气息浓郁。因此,学界多把这两首诗看作同时之作,当然也就认为《早望海霞边》同是作于天台山,并按天台山环境来解说"赤城霞""雪崖"等词语。

但问题来了,李白《早望海霞边》首句明明说的是"四明"啊!因此,必须弄明白四明山、天台山的关系,以及"赤城霞""雪崖"的所指及用法。

第一,四明山、天台山为二山。二山联袂,横亘于浙东海岸。晋人孙绰《游天台山赋》说:"涉海则有方丈、蓬莱,登陆则有四明、天台,皆玄圣之所游化,灵仙之所窟宅。"南朝宋谢灵运《山居赋序》:"天台……四明相连接。"明人王士性《四明山记》说:"四明山者,天台之委也,高与华顶齐,跨数邑……大约东海之上,惟天台、四明,群山罕俪焉。"

第二,古人有将天台、四明只作一山者。因此黄宗羲《四明山志》指出:"其初总名天台山。"但是从历史文献看,二山合称一山时,只称"天台山",而古人称"四明山"时,绝不包含天台山。

第三,李白是将天台、四明作二山的。他的《天台晓望》说"天台邻四明",他的《送王屋山人魏万还王屋·并序》说"天台连四明"。

因此,李白《早望海霞边》"四明三千里"云云,是写四明山的。

旧志称:"四明山在鄞县西南百五十里,由天台山发脉,东北涌为二百八十峰,中三十六峰,周回八百余里。绵亘鄞、奉、慈三邑,及绍兴之余姚、上虞、嵊,台之宁海诸境。上有石窗,四面玲珑,望之如牖,中通日月星宿之光,故曰'四明'。"① 四明群峰海拔都不算高,但由于濒海而起,云蒸霞蔚,所以显得很峻伟。山海之观,又是佛、道名山,总给游人以极大的吸引力,一旦登

---

① 清李卫等修雍正《浙江通志》卷一《图说·四明山》。此为综合各种旧志之说。

唐翰林供奉李白像(故宫南薰殿旧藏)

李白

临，遐想无尽。

四明山脉是南北走向，以今之行政区域看，群峰主体在宁波市境内，跨奉化、海曙、余姚、慈溪四区市，大致在四明山东面，而东面向海；山脉还入绍兴市的新昌、嵊州、上虞三县市，大致在四明山西面。

李白一生，三次入越游浙东。从他今存诗歌的游览路线看，主要是在四明山的西面。李白在《送王屋山人魏万还王屋并序》诗中所叙魏万的浙东游线为："挥手杭越间，樟亭望潮还。涛卷海门石，云横天际山。白马走素车，雷奔骇心颜。遥闻会稽美，且度耶溪水。万壑与千岩，峥嵘镜湖里。秀色不可名，清辉满江城。人游月边去，舟在空中行。此中久延伫，入剡寻王许。笑读曹娥碑，沉吟黄绢语。天台连四明，日入向国清。五峰转月色，百里行松声。灵溪咨沿越，华顶殊超忽。石梁横青天，侧足履半月。忽然思永嘉，不惮海路赊……"大致也是李白及多数诗人浙东游的主线。他的《梦游天姥吟留别》，走的是谢灵运当年的路，也在四明山的西面。除这首《早望海霞边》，他的其他浙东诗所描绘的景物，都不在今宁波地域范围内。

《早望海霞边》歌咏了四明山的山海景观及诗人的仙道遐想，是就四明山整体来写的。而且，无论立足于四明山哪一峰，面东，才是早晨望海霞的方向。因此，我们有理由把李白这首诗作为唐人咏宁波的作品之一。

标题"早望海霞边"，意为早晨望于海霞边。海上之霞，谓之海霞。由于霞是在天空，所以海霞的宽幅，自然能进入海岸。海岸山峰的高度，更接近海霞的高度，所以立足海岸山峰，便是位于海霞边。此即指眺望于四明山某一峰顶。若比照"天台晓望"，标题何不也来个"四明早望"？玩味起来，"早望海霞边"，实在是比"四明早望"（也比"天台晓望"）更具诗兴得多呢！严羽评曰："题已似诗。"又曰："着一'边'字，便觉根境冥会。"斯言圣哉！

这是一首五言古体诗。

"四明三千里,朝起赤城霞",起首即喝彩,说辽阔的四明山,一清早红色的海霞普映!称"四明三千里",乃夸张。一方面,用大数量词写壮景,为李白惯用的手法;另一方面,非用这般大数量词,不足以当大海日出时云霞的壮阔!

"赤城霞",此处为红霞之意,乃是借喻。它不同于《天台晓望》"门标赤城霞"句中实指其地之义。赤城,本是山名,为天台山旁的一座小山,因其岩壁色若丹霞,状若城堞,故称赤城。该山也是通往天台山的南门,便曰"门标赤城霞",且是从孙绰《游天台山赋》"赤城霞起而建标"化出。《天台晓望》是立足天台山,所以"赤城霞"一词是实地用之。而《早望海霞边》这句"朝起赤城霞",乃借为红霞之喻,下句"红光"便是其呼应。

"日出红光散,分辉照雪崖"二句,承上写来,时间进程非常明晰。云本来不存在红色,是受阳光的照射,才产生了红霞。观赏过大海日出的人就知道,太阳将出,海面通红,所对应的上空的云也成了红霞;随着太阳跃出海面,它的万丈红光发散开来,照耀万物。"分辉"的"分"字很有意思,它照应了"散"字,表明太阳先是照射了云,产生出红霞;然后太阳升高,它的光芒四射,分辉照到了四明山的雪崖。红光、雪崖,色彩辉映,何其壮丽!

如何理解本诗的"雪崖"?哪里的雪崖?一般而言,雪崖,可以称谓悬挂着瀑布的山崖,也可以称谓积雪的山崖。过去,学界由于把这首诗定位在作于天台山,所以一直把这个"雪崖"指认为天台山的瀑布峰。南宋杨齐贤《李太白诗注》说:"瀑布山,天台之西南峰,水从南岩悬注,望之如曳布,即雪崖也。"杨齐贤这个注本是宋元明三代最为通行的笺注本,以后凡注李白本诗者,均因袭此说。但是,这个瀑布山,从古至今并无专拥"雪崖"之名,杨齐贤指认它"即雪崖",是在天台的附近找一处瀑布，想当然而已。实际上，李白在本诗首句即已表明是写四明山，有这个前提在，那么"雪崖"为什么不是四明山的某处雪崖呢？四明群山中的瀑布很多，冬季积雪的山峰也很常见。即以瀑布言之，如雪窦山，上有乳峰，乳峰有窦，水从窦出，色白如乳，故泉名乳泉，窦称雪窦，山亦因之得名；雪窦之水涌至前山，汇合众流，奔向断崖，形成素练高悬、喷溅似雪、远近可观的千丈岩瀑布，那体量、高度、壮观景象等，令历代诗人歌吟不绝。如北宋王安石道："拔地万重清嶂立，悬空千丈素流分。共看玉女机丝挂，映日还成五色文。"（《千丈岩瀑布》）南宋楼钥云："两溪赴壑若奔虹，此地端能截众流。三板放开千丈雪，一夜照破四山秋。"（《题雪窦锦镜桥亭》）则此处该当得"雪崖"一词吧？还真有此证，例如南宋雪窦山千丈岩上方的资圣禅寺（创于晋，初名瀑布院）高僧绍昙，即有《雪崖》二首，因以说禅呢。当然，笔者在此仅为举例而已，并非说李白本诗之"雪崖"一定是指千丈岩。但它肯定在四明山。

"一餐咽琼液，五内发金沙"，此为诗人受前面所见山海奇异景象的影响，意兴激发，而产生出在此服食修道的念想。"餐"者，谓餐霞也，扣题；"咽琼液"，扣瀑泉而美之。汉司马相如《大人赋》："呼吸沆瀣兮餐朝霞。"汉刘向《列仙传》赞："子舆拔俗，餐霞饮露。"三国魏曹植《驱车篇》："餐霞漱沆瀣。"李白本人诗中，与此处"一餐咽琼液"类似的说法，即有"餐霞漱瑶泉"语（见《经乱离后天恩流夜郎忆旧游书怀赠江夏韦太守良宰》）。且红日"分辉照雪崖"时，瀑布水雾折射，旁边也会出现霞（虹），李白《望庐山瀑布二首》就说"飞珠散轻霞"，同时也把瀑布赞美为琼液："无论漱琼液，且得洗尘颜。""五内"，即五脏。"金沙"，金石炼就的丹药。"发"者，指药力散发，起作用，是修炼成功之兆。道教炼丹经籍、东汉会稽上虞（亦属四明）人魏伯阳所著《周易参同契》卷上云："金沙入五内，雾散若风雨。"此"散"意之所本。餐霞、咽琼液、服金沙，古人修道行为，以为可以长生，轻举升天。李白好道，以言其梦想。四明丹山赤水，也是大陆距离传说中海上诸神山最近的地方，为理想的道教修行处。李白所追随的司马承祯、好友吴筠，都曾在天台、四明一带修炼，"五岳寻仙不辞远，一生好入名山游"，自是心仪而来的，亦望在此成功。

"举手何所待，青龙白虎车"二句以高潮结尾，幻想服食修炼已成，只待仙官迎赴仙界。"青龙白虎车"，乃用典故。晋人葛洪《神仙传》卷三载，沈羲修道成功，黄老遣仙官下界迎之，侍郎薄延之乘白鹿车，度世君司马生乘青龙车，迎使者徐福乘白虎车，载羲升天。

这即将升仙之境，最是充满奇情异彩。较之《天台晓望》结尾"攀条摘朱实，服药炼金骨。安得生羽毛，千春卧蓬阙"之修炼能否成功的"不可知"，《早望海霞边》的结尾简直就像愿景来临一般！

李白仙游四明山，正可谓"轩轩然若霞举"。其神思飞扬，文笔瑰奇，赋予四明山以神韵。

岑 参

> 岑参(约715—770)，荆州江陵(今湖北江陵)人。天宝三载(744)以进士第二人及高第。曾入安西节度使高仙芝幕掌书记；后任安西、北庭节度判官，迁支度副使；在朝任过祠部员外郎、考功员外郎，转虞部、屯田、库部郎中等职；出任嘉州刺史。工诗，与高适齐名。著有《岑嘉州诗集》。

送任郎中出守明州

罢起郎官草，初分刺史符。
城边楼枕海，郭里树侵湖。
郡政傍连楚，朝恩独借吴。
观涛秋正好，莫不上姑苏。

本诗大概是广德元年(763)岑参在朝为郎时所作。"任郎中"，其名不详。为何司郎中，亦不详。尚书省左右司及六部各司正长官称为"郎中"。"出守"，出任太守，此指担任明州刺史。

这是一首五言律诗。

首联"罢起郎官草，初分刺史符"，谓任郎中不再担任起草文书的郎官职务，因为朝廷新授予他出任明州刺史的符信。此开篇交代送任郎中的事由——他奉命前往明州履职。"罢"，停止。"起郎官草"，因后汉尚书郎主起草文书,故云。"分",《全唐诗》原作"封",今依《岑嘉州集》四部丛刊本。"分……符",指帝王授官,分与符节的一半作为信物。"初分刺史符",意同岑参《酬成少尹骆谷行见呈》诗之"新授刺史符"句。

颔联"城边楼枕海,郭里树侵湖",谓明州城边,楼房枕海;城郭之间,树木环湖。岑参一生不曾到过明州,此联所写与当时明州城市的真实情形不相符合,纯粹出于对江南近海城市的想象,描绘内陆城市所没有的奇异美景,目的是为任郎中励行。景虽不合,而情谊可嘉。明州设立于开元二十六年(738),其州治并不在海边。"枕",临。"侵",逼近。

颈联"郡政傍连楚,朝恩独借吴",意谓明州是个得天独厚的好地方,到此地为官真是美差使,施政可为,因为背负着广大富饶的古楚地;朝恩独厚,还借着物质文化深厚的吴地为邻呢。此言在明州大有作为之有利条件,体贴周到,为送人从政必虑之义。"傍",通"旁"。

● 钱塘江潮

尾联"观涛秋正好,莫不上姑苏",谓你此去正是钱塘观潮时节,我相信你已经按捺不住急急前往了;但你要记得途经苏州的时候,也应挤出时间去登临一下姑苏台哦。此以途中美景之可观,进一步加重明州之任这份美差的分量,这般励行,情深谊长。"观涛",明州在钱塘江之南,赴明州必然过江;每年中秋佳节前后为观潮最佳时节,此去天时地利,顺便观潮,何乐不为?"上姑苏",指登姑苏台。姑苏台颇有历史底蕴,且可俯瞰太湖,自来为登临之胜地。

  本诗虽写送别,却不带伤感,反而充满喜悦。诗人尽夸明州之好和任郎中此任之美,将远近事物拉来,形成极强的诱惑力,营造出诗意的氛围,用情深厚,且是独到。

严 维

> 严维(？—780)，越州山阴(今浙江绍兴)人。天宝(742—756)年间应进士试不第，至德二载(757)方中进士。宝应元年(762)至大历五年(770)入浙东观察使薛兼训幕(使府在越州，今绍兴)，官检校金吾卫长史。与鲍防等五十余人唱和，盛极一时，结集为《大历年浙东联唱集》。后一度闲居越州。复出，官至秘书郎。生前诗名颇著，与岑参、刘长卿、李嘉佑、钱起、李端、鲍防、皎然、丘丹等众多诗人都有交游，诗僧灵澈出其门。其"柳塘春水漫，花坞夕阳迟"，被梅尧臣誉为"状难写之景，如在目前"的典范。《全唐诗》编其诗一卷。

余姚祗役奉简鲍参军

童年献赋在皇州，方寸思量君与侯。
万事无成新白首，两春虚掷对沧流。
歌诗盛赋文星动，箫管新亭晦日游。
知己欲依何水部，乡人今正贱东丘。

"余姚"，其时为越州属县。"祗役"，本义是奉命任职，严维此指自己受幕府差遣，驻守在余姚。"奉简"，奉上书简，此指寄送这首诗。"鲍参军"，指鲍防。鲍防，襄阳(今湖北襄阳)人，天宝十二载(753)进士。

广德元年（763）在浙东观察使薛兼训幕府为从事，实为府内事务之主事。鲍防工诗，江南诸多文士来依附，而有浙东联唱之盛事。此时鲍防境遇类似南朝宋诗人鲍照（鲍照曾在临海王刘子顼军府任"参军"之职；其诗歌特色鲜明，杜甫称赞"俊逸鲍参军"），故严维以"鲍参军"称之。鲍防后来入朝及多地为官，以工部尚书致仕。今存诗数首。

本篇是受临时差遣、身在余姚的严维，奉寄给身在越州（今绍兴）浙东观察使府的鲍防的诗。

这是一首七言律诗。

首联"童年献赋在皇州，方寸思量君与侯"，向鲍防陈述自己早年的大志。"童年"，此指青少年时期。而称"童年"，乃有立志之早的用意。"献赋"，向皇帝献诗赋。此为古代士人显示才华、自荐以求仕的行为，例如汉代司马相如献《子虚赋》、唐代杜甫献《三大礼赋》等。且唐代为选拔人才，开有进献文章（包括诗赋）著述而拜官的门路。唐代封演《封氏闻见记》载："常举外，复有通五经、一史，及进献文章并上著述之辈，或付本司，或付中书考试，亦同制举。""皇州"，京城，此指长安。"方寸"，指内心。"君与侯"，君主封与侯位，此为建功的一种表述。首联说，自己早年曾上京城献赋，满心希望君主赏识，走上仕途，建立功勋。作此陈述，为下文急转述说不得志及希望脱离困境张本。

颔联"万事无成新白首，两春虚掷对沧流"，即言不得志，叹虚度光阴。"万事无成"，严维不如意的事情多，例如第一次进士考试不中，非常落魄，岑参作《送严维下第还江东》，就非常同情地写他"望鸟指乡远，问人愁路疑。敝裘沾暮雪，归棹带流澌"。多年后进士及第，已年过四十，中间经历多少困顿。及第后授诸暨尉，小职务亦无成就可言。任满后离去，进入浙东观察使府为幕僚。"新白首"，谓头发也开始白了。"两春"，此指为幕僚，差遣驻余姚已历两个春季。"掷"字惨痛，谓流落余姚，虚掷光阴。"对沧流"，面对青色的流水。余姚县城有姚江流过，

●（明）唐寅《西园雅集图》（局部）

取"沧流"代表此地，同时也有光阴流失之喻。两年来每日面对流水，逝者如斯夫，情何以堪？对比首联的豪情满怀，颔联则无限低回。

颈联"歌诗盛赋文星动，箫管新亭晦日游"，此道乐事，赞颂鲍防，谓您来到使府，兴文雅之会，大家吟诗作赋，奏乐游宴，其乐融融。"文星"，文昌星的简称，古人认为它主文运。此比喻鲍防。"文星动"，即谓鲍防的到来。鲍防诗名早著，天宝中曾作《感遇》诗十七首，广为人传诵。严维此处以文星称赞他，也是与题目所称"鲍参军"之誉呼应。鲍防的诗歌大名，若干年后崔子向的《上鲍大夫防》诗还可证之："行尽江南塞北时，无人不诵鲍家诗。"鲍防好交游，能使众多诗人趋附，这也是他最可贵的人品所致。"新亭"，此指越州的某处园林①。"晦日"，本为称呼农历每月的最后一天，此处指正月晦日。严维作本诗的时代，唐人以这一天为中和节②，要举行春游宴饮等各种活动。唐诗中写晦日游宴雅集的作品不少，当时活动的组织和承办者多具有影响力。

尾联第一句"知己欲依何水部"，是说鲍防那方。"何水部"，南朝齐梁时期的诗人何逊，他也一度任参军之职，是在郢州刺史安成王萧秀幕中；后来官至尚书水部郎，世人以他的最高官位称他"何水部"。何逊好交游，与许多文人诗赋唱酬，同范云、刘孝绰等联句甚多。严维此句"知己欲依何水部"，是把鲍防比作何逊，说众多的朋友都欲依附他，以能常参与其雅集活动。尾联第二句"乡人今正贱东丘"，是说自己这方。可作两解。第一解，"乡人"，本乡人，严维自指。因严维是越州人，今使府文雅盛事在本州进行，故自称乡人。"贱"，低贱，被人轻视。"东丘"，指余

---

① 联系安史之乱以来的形势，也可以认为此处"新亭"是化用典故。南朝宋刘义庆《世说新语·言语》："过江诸人，每至美日，辄相邀新亭，藉卉饮宴。周侯中坐而叹曰：'风景不殊，正自有山河之异！'皆相视流泪。唯王丞相愀然变色曰：'当共勠力王室，克复神州，何至作楚囚相对！'"
② 后来德宗贞元五年(789)改二月朔日(初一)为中和节，已是在严维去世以后了。

姚,余姚在越州东边。严维因落魄在余姚,故自云"乡人今正贱东丘"。第二解,化用孔子被乡邻轻视的典故,以自比困厄于余姚。则"乡人"指孔子的邻居。"东丘"为"东家丘"的省称。"丘",孔子名丘。《孔子家语》载,孔子西邻不知孔子富有才学,轻蔑地称之为"东家丘"。

所以,尾联是做绾结,也是卒章见意,显示"奉简"的真实意图,即向鲍防表达依附、亲近之愿,期望脱离在余姚的困境。严维此后确实得到了鲍防的助力,多参与其雅集胜事,嘉泰《会稽志》中有他们在兰亭、严维宅园等处唱酬的记载,联唱结集有《大历年浙东联唱集》。

本诗倾诉肺腑,情感跌宕起伏,沉郁顿挫。内在逻辑严密,极富思致,善于表达,语言耐人寻味。

刘长卿

> 刘长卿(？—约790)，宣州(今安徽宣城)人。早年已著才名，但科举、仕宦踉跄，天宝末登进士第，肃宗上元二年(761)至代宗宝应(762—763)年间，漫游江南。大历(766—779)中后期任鄂岳转运留后，遭人诬陷，贬睦州(今浙江建德)司马。在睦州任闲职期间，曾住越州剡县石城山碧涧别墅，以此为据点，遍游周边山水。后来受任随州刺史，世称"刘随州"。长卿工诗，有《刘随州集》传世。

游四窗

四明山绝奇，自古说登陆。
苍崖倚天立，覆石如覆屋。
玲珑开户牖，落落明四目。
箕星分南野，有斗挂檐北。
日月居东西，朝昏互出没。
我来游其间，寄傲巾半幅。
白云本无心，悠然伴幽独。
对此脱尘鞅，顿忘荣与辱。
长笑天地宽，仙风吹佩玉。

刘长卿五言诗写得很好，尤其是五言律诗。他自诩"五言长城"，人们也很认同。《游四窗》是一首五言古体，写自己游四明山四窗的见闻和感受，审美内容丰富，所以写成了十八句长诗。

"四窗"，又称石窗，在今余姚市大岚镇华山村大俞山顶，是四明山最著名的景点，四明山即因它而得名。唐陆龟蒙《四明山诗序》载，四明山"有峰最高，四穴在峰上，每天地澄霁，望之如牖户，相传谓之石窗，即四明之目也"。

全诗可分为两部分。第一部分，首句至"朝昏互出没"，言见闻，写景为主。

"四明山绝奇，自古说登陆"，先言耳闻，为叙述。如此耳闻，吸引自己来游。诗人一开始便用"绝奇"二字，概括四明山特色，开启下文写它如何绝奇。"自古说登陆"，是溯源传闻，这"古"，为晋代；"登陆"一词，字面义是从大海上岸，要表达的意思是濒海的仙山，语出晋人孙绰

● 石窗（吴蒙棣/摄）

《游天台山赋》序："涉海则有方丈、蓬莱，登陆则有四明、天台，皆玄圣之所游化，灵仙之所窟宅。"

接着就说到石窗了，直奔题目，衔接紧凑，绝不拖泥带水。写法上则由叙述转为描写，诗味浓郁。"苍崖倚天立"，言石窗之所在。"苍崖"，表明植被好。"倚天立"，形容其高峻。"覆石如覆屋"，写从外面看石窗的形貌，很直观。石窗，就是高峰上一岩洞。"屋"字周全，因为"窗"是依赖"屋"而存在的。所以接下来便顺势写窗："玲珑开户牖，落落明四目。"此从内向外看。"玲珑"，明澈貌，真是天工开物，四个窗户，那么明亮。"落落"，清澈貌，就像人的眼目一般灵澈，洞鉴万物。（按，四明山之"明"字，古籍中又常作"朙"。）窗中所见，便有"箕星分南野，有斗挂檐北。日月居东西，朝昏互出没"，说日月星辰的运行变化，都在"窗"户的可望中。"箕星"，东方苍龙七宿之末宿，《新唐书·天文志》："箕与南斗相近……在吴、越东。""斗"，《汉书·地理志》："吴地，斗分野。""分野"，指与星次相对应的地域。"朝昏"，早晚。这四句所写景象并非固定态，只是写作上一种"南北东西"的分派，要灵活理解，不可一对一地胶柱鼓瑟。

第二部分，"我来游其间"至末尾，言感受，重在神思。

"我来游其间，寄傲巾半幅"，两句承上启下，为过渡。"寄傲"，寄托遗世独立的高傲情怀，化用陶渊明《归去来兮辞》"倚南窗以寄傲"。"巾"，指道巾，即道士的软帽。软帽用布帛做成，所需布帛的宽度为半幅（古制，一匹布帛满幅为二尺二寸）。"巾半幅"，是表达想在这里留下来隐居修道的意思。此为被景物环境所吸引而产生的意愿，也深得了仙道名山的底蕴。

"白云本无心，悠然伴幽独"，谓白云无心，而隐者以为伴侣，悠然自得。"白云本无心"化用陶渊明《归去来兮辞》"云无心以出岫"。"对此脱尘鞅，顿忘荣与辱"，谓面对这些美景，脱离红尘的羁绊，立即使人忘记了荣辱。结句"长笑天地宽,仙风吹佩玉",遐思远举,憧憬道成,天宽地广,随意遨游。"仙风吹佩玉",刻画仙人来去的风姿、形象,令人神往,以此结尾,大大升华了意境。

虽为长诗,章法井然。四明山的"绝奇",诗人通过"四窗"景点的游览、兴发,从实地游进而到神游,得到了验证。诗不是用来说理的,但诗可以蕴含理,从艺术形象中自然显现。四明山的"绝奇",是等待诗人来抉发的。这首山水诗,表现人在山水审美、感悟、奇想的快慰中暂时远离尘嚣、忘怀世俗,是一种值得提倡的人生境界。

送州人孙沅自本州却归句章新营所居

故里归成客,新家去未安。
诗书满蜗舍,征税及渔竿。
火种山田薄,星居海岛寒。
怜君不得已,步步别离难。

本诗是刘长卿在睦州送孙沅归句章之作。"州人",一作"睦州"。"孙沅",不详。"却归",退归,指辞官归家。"句章",古县名,屡有兴废,辖地范围时大时小,其旧地大都属明州,此处实代指明州。

这是一首五言律诗。

首联"故里归成客,新家去未安",担心孙沅离开故里太久,今日回去,新营建的居所恐怕也住不安稳。此分明送别之作,开篇却不道眼前别情,径替归家后着想,是深交,故重点在表达对朋友未来生活的关切。"成客",指久离家乡而归来之人。

接下去的中间二联，便是多方面具体叙写对"未安"的担心。颔联"诗书满蜗舍，征税及渔竿"，谓孙沅的诗书多，都会装满他新营的小屋子；而他赖以生存的垂钓，却要被官府征税呢！"诗书"一句，凸显了孙沅的文人身份，有才学，今归故里，欲与世无争，却恐窘迫难安。"蜗舍"，呼应了"新营所居"，且托出其规模之狭小。"征税"一句，其背景是安史之乱后，官府长期名目繁多的征税给百姓生存造成沉重的负担。连活计鱼竿都要征税（这可能只是诗人的一种愤慨之说），还有什么不受盘剥的呢！百姓生存之艰难，不难想见。官府加重农民的赋税，是有史实的，刘长卿此诗之前的宝应元年（762）至广德元年（763），浙东就曾发生了袁晁领导的反抗沉重赋税的农民大起义。

　　颈联"火种山田薄，星居海岛寒"，谓孙沅归去的那片地方，人们以火种方式耕种山田，土壤薄瘠，收成不好；居民住在分散如星的海岛上，缺少来往，生活孤寒。此联进一步表达了对孙沅生存条件的担忧。"火种"，一种粗放简陋的农作方式，即先放火焚烧草木，以其灰烬为肥料，再行播种。"星居"，指居住岛上，因海岛多且分散如星，故谓"星居"。

　　尾联"怜君不得已，步步别离难"，绾结前面之意，谓明知回到故里日子并不好过，但我理解你，如非不得已，怎会选择"却归"故里？因此我俩此刻送别的每一步，都迈得如此艰难啊！"怜君"句极沉郁、蕴藉，可窥其仕宦之路更有不堪言说之苦在焉。刘长卿自是仕途多难之人，二人感同身受，此不需道出，尤见知心。末句才正面言送别，其情景之悲怆，令人断肠！明人陆时雍《唐诗镜》评点说："三四（联）好，写作末语，恳款特至。"

　　如果说上一首诗表达了诗人对四明山石窗仙境的赞美，寄寓"对此脱尘鞅，顿忘荣与辱"的愿望，本诗则通过一场亲历的送别（笔者在此对诗人为主题需要而选择性叙事姑置不议），间接反映了安史之乱后较长一段时间里四明濒海一带人民生活艰难的现实。

（元）吴镇《渔父图》

戴叔伦

> 戴叔伦（732—789），润州金坛（今江苏常州金坛）人。广德二年（764）进士。为刘晏所辟，授秘书省正字。大历三年（768）任监察御史。后于多地为官，做过东阳县令、抚州刺史、容管经略使等。工诗，有《述稿》十卷，已佚。《全唐诗》编其诗二卷，但时见后人作品羼入。

送谢夷甫宰余姚县

君去方为县，干戈尚未销。
邑中残老小，乱后少官僚。
廨宇经兵火，公田没海潮。
到时应变俗，新政满余姚。

　　这是一首送人赴任的五言律诗。

　　"谢夷甫"，生平不详，今仅知其乾元二年（759）官凤翔府天兴县县尉时，擒获并决杀盗掠平民的凤翔七马坊押官，事见两《唐书》和《资治通鉴》等。明代，以其能为民捍患，祀于福州，见《明史·任昂传》。可见，谢是一个敢作为、有声誉的官吏。那么，他为余姚县令，理应在任天兴县县尉之后。再据本诗"干戈""兵火""乱后"等语，正与宝应元年（762）至广德元年（763）浙东袁晁农民起义之事吻合。"宰"，指任县

●(明)沈周《京江送别图》(局部)

令。"余姚",《唐诗纪事》《瀛奎律髓》作"鄮县",《文苑英华》《全唐诗》作"余姚"。诗中个别文字亦有差异,酌情取舍。

首联"君去方为县,干戈尚未销",谓你此时去治理余姚县,那里战事尚未完全结束。开篇即兼有对其人身安全的关怀体贴和点明治乱任务重大艰巨之意。

中间二联,设想谢夷甫此去余姚所遇到的种种困难。"邑中残老小,乱后少官僚",谓余姚经历战乱之后,残留下来的多是老幼之人,需要人力物力来抚恤他们;县里原有的官吏如今所剩无几,缺少人手可用。"廨宇经兵火,公田没海潮",谓官舍经过兵火焚烧,此去连安身都成问题;原来的官田因无人管理,已淹没于海潮,口粮也无保障。

困难估足,极见友情。谢夷甫临危受命,知难而上,符合其敢作为、有担当的精神。所以诗人在尾联为其鼓气,非知己不能这般励行:"到时应变俗,新政满余姚。"谓你到任后应着手改变那里因乱世而形成的不良风俗,在全县推行一系列符合实情的新政。这个结尾,大有对富于吏才的朋友成功在望的殷勤寄予。

戴叔伦对诗歌艺术有很高的追求,高仲武《中兴间气集》指出,"廨宇"一联,为指事造形之工者。又司空图在《与极浦书》中,引用戴叔伦论诗之语:"诗家之景,如蓝田日暖,良玉生烟,可望而不可置于眉睫之前也。"可见他既有实践,还有理论呢!

孟 郊

> 孟郊(751—814),湖州武康(今浙江德清)人。早年活动于江南,与皎然、陆羽等交往;又曾隐居嵩山。屡试不第,贞元十二年(796)方中进士,十六年(800)选为溧阳(今江苏溧阳)尉,贞元末辞职归里。元和元年(806)客长安,与韩愈、张籍等有唱和;随后入河南尹郑庆馀幕,定居洛阳。元和九年(814)卒,张籍等私谥其贞曜先生。一生穷困,诗多苦寒况味,有《孟东野诗集》传世。孟郊游过浙东,诗集中有《越中山水》《春集越州皇甫秀才山亭》等诗,所以对于四明山是熟知的。

送萧炼师入四明山

闲于独鹤心,大于高松年。
迥出万物表,高栖四明巅。
千寻直裂峰,百尺倒泻泉。
绛雪为我饭,白云为我田。
静言不语俗,灵踪时步天。

这是一首五言古诗。"萧炼师",不详。"炼师",对道教炼丹家的尊称。同时期的萧姓炼师,见于李益诗有《同萧炼师宿太乙庙》,白居易诗有《送萧炼师步虚词十首卷后以二绝继之》,但不知是否为同一人。四明山仙道气息浓郁,修道、炼丹之人乐往之,孟郊本诗送萧炼师入四明山,借题发挥。送别时间、地点不详。

首二句"闲于独鹤心,大于高松年",概括地称赞萧炼师,谓其闲情可比于幽独的白鹤,其长寿可比于高大的青松。"心",指情怀。"年",指年龄。"鹤""松"亦为妙举,颇生仙道气息。

中六句,设想萧炼师生活在四明山中的情景。谓栖居于四明山的最高峰,远出红尘万物之表。举目所见,千寻之峰,裂石而成;百尺之泉,泻水而下。绛雪是我服食的便饭,白云是我种药的良田。"绛雪"二句,紧扣其炼丹家身份。"绛雪",丹药名。唐徐坚《初学记》卷二:"《汉武帝内传》:仙家上药,有玄霜、绛雪。""我",此改用第一人称,表示萧炼师的自足、自豪。

末二句"静言不语俗,灵踪时步天",谓萧炼师沉静不语俗事,他时常登临四明山的某些恰当位置观测星象,以窥天道的玄奥。这个结尾,

● 四明山云海(宓颂表/摄)

称颂萧炼师不仅仅是一个炼丹家,还是能独与天地精神相往来的高人。"灵踪",美称其行踪。"步天",指观测天体。《新唐书·方技传·李淳风》:"淳风幼爽秀,通群书,明步天历算。"

孟郊对于学道求仙有独到见解,他另有一首《求仙曲》说:"仙教生为门,仙宗静为根。持心若妄求,服食安足论。铲惑有灵药,饵真成本源。自当出尘网,驭凤登昆仑。"二诗结合起来阅读,当互有启发。

萧炼师入四明山修炼,当然是他对天下仙道名山比较后的抉择;孟郊这首诗歌,则又"阐发""力证"了萧炼师之选择的正确性,其传播作用极大。四明"丹山赤水洞天"的底蕴,正是经众人宣扬而逐渐厚积起来的。

法　常

> 法常（752—839），俗姓郑，襄阳（今湖北襄阳）人。幼年出家于荆州玉泉寺。及冠之年，在龙兴寺受具足戒。后师马祖道一，得嗣禅法。贞元十二年（796）自天台移居大梅山（今宁波鄞州横溪梅岭），其地传为汉仙尉梅子真旧隐处。他寄宿于山房，自号梅山。艰苦开创，于开成（836—840）初建成大梅山院。"梅子熟矣"，徒侣辐辏，请问决疑。人称大梅和尚。

答盐官齐安国师见招二首

摧残枯木倚寒林，几度逢春不变心。
樵客遇之犹不顾，郢人那得苦追寻？

一池荷叶衣无数，数树松花食有余。
刚被世人知住处，又移茅舍入深居。

从多种典籍记载来看，这两首诗的流传和作者归属，变化很大，文字也有一些差异。追本溯源，笔者在此采纳日本金泽文库本《明州大梅山常禅师语录》、北宋释道原《景德传灯录》、南宋普济《五灯会元》、南宋罗濬等修纂宝庆《四明志》的说法，作者为释法常。偈语一般无标题，采纳《古今禅藻集》卷七的标题《答盐官齐安国师见招二首》。

杭州盐官海昌院齐安法师,与法常同出马祖道一之门,得知法常在明州,派僧人前来招请。法常作诗以答。

第一首,谓内心禅寂已深,就如槁木依于寒林那么随缘,多少年春来都不曾唤醒。砍柴人遇到这样的枯木都掉头不顾,哪得有能工巧匠苦苦相寻呢!"枯木",自喻。"寒林",喻苦寒冷落、人所罕至的环境。"逢春",喻尘世所谓机遇。"不变心",喻执意修持。后二句以樵人不采,匠人不斫,表达正因此而免于被世所戕害之意。禅悦自在,耐人寻味。"郢人",郢地的匠人。灵活化用《庄子·徐无鬼》典故:"郢人垩慢其鼻端若蝇翼,使匠石斫之。匠石运斤成风,听而斫之,尽垩而鼻不伤。"

● (宋)苏轼《枯木怪石图》

第二首,谓清心寡欲,快然自足于目前的生活,没料到被世人骚扰,只好又移居到山的深处去。"荷衣",高人、隐士之服,屈原《离骚》:"制芰荷以为衣兮,集芙蓉以为裳。"《九歌·少司命》:"荷衣兮蕙带。"身着荷衣,是一种诗性的清迈脱俗的行为,是高尚的象征,在无言隐晦之中与身着绫罗绮缎对比,一雅一俗,云泥之别。佛寺自有莲池,而荷叶无数,则可制衣无尽,岂不"富有"耶?"松花",古代山中修行者取于自然

● 池荷

的食材之一。至少在唐代，已逐渐演变出服食松花可使人神骨俱清的意识，也被视为修行者的高蹈行为。唐卢纶《山中一绝》说："饥食松花渴饮泉。"白居易《和春深二十首》云："何处春深好，春深隐士家。野衣裁薜叶，山饭晒松花。兰索纫幽佩，蒲轮驻软车。林间箕踞坐，白眼向人斜。"姚合《采松花》道："拟服松花无处学，嵩阳道士忽相教。今朝试上高枝采，不觉倾翻仙鹤巢。"唐人诗中又见松花为原料的产品如松花酒、松花茶等。从法常这首诗来看，如同不缺荷叶，松花也是他这处茅舍环境最不缺少的物材，对此他倒不是从养生处着意，而是出于对一种朴素生活的满足。一个人对物质的取舍，最能显出其境界的高低。他的住处，也只是"茅舍"而已。即使他最终在大梅山修筑的寺院，也如《宋高僧传》所指出，是他亲自"编苫伐木"建成。

这两首诗，高于通常所见的禅流偈语，注重意象选择，诗味浓郁，所以深受历代读者的喜爱，而被广泛传诵、使用，也因此导致出现作者错乱的记载。倘是次等的作品，也不会有人记住，甚至认领，这是文学的规律。

武元衡

> 武元衡(758—815)，缑氏(今河南偃师缑氏)人。建中四年(783)进士，官至门下侍郎同平章事。工五言诗，张为《诗人主客图》列为"瑰奇美丽主"。有诗流传，《全唐诗》编为二卷。

送寇侍御司马之明州

斗酒上河梁，惊魂去越乡。
地穷沧海阔，云入剡山长。
莲唱蒲鱼熟，人烟橘柚香。
兰亭应驻楫，今古共风光。

"寇侍御司马"，其名与生平今俱不详。"司马"，州府的佐官。唐代，州司马这一官职是闲职。尤其朝官如果被派到边远地方去任此职，可能是做闲散安置，甚至是被贬谪。但寇司马的具体情况，今不得而知。"侍御"，唐代对侍御史或监察御史的称呼。这位寇姓的司马，带有侍御史或监察御史衔，故诗人在此将其职务连称。武元衡诗中，还有一首《送吴侍御司马赴台州》，其称谓同此。

这是一首五言律诗，诗人为寇司马远赴明州送别而作。

首联"斗酒上河梁，惊魂去越乡"，谓得知你要远去越乡，我很吃惊，今为你斗酒饯别。此开篇即叙不舍之情。"河梁",化用汉代李陵、苏武相别的典故,李陵《与苏武》诗云:"携手上河梁,游子暮何之?"这个典故颇带悲情。结合"惊魂"一语来看,寇司马去明州,似有隐情。

中二联设想越乡情形。"地穷沧海阔,云入剡山长",谓明州在大地的尽头,地尽就是辽阔无边的沧海了;此去明州还要经过云雾漫漫的剡山呢。此联表达出对寇司马赴明州的忧喜参半之情。忧的是,他远去天涯,有风险存在;喜的是,他可以观沧海,游剡山。"剡山",指古剡县地域上的众山,也包括四明山的一部分。剡山剡水,既多艰险,也多自然风光,还是一条东晋至唐代诗人(如谢灵运、李白等)乐于游历、积淀了深厚文化底蕴的人文山水带。今人的研究便发现,唐人心仪、神往、成游、行歌,于此走出了一条诗路来!

"莲唱蒲鱼熟,人烟橘柚香",谓越乡采莲曲唱响的时节,蒲鱼也肥了;有人烟之处,都会飘浮着橘柚的清香。此联写出秋季越乡(包括明

● 兰亭

州在内）风物之美，同时也点出了寇司马此行的时节。考武元衡之生平，似未曾到过越地，但从这些越乡风物的真切描写看来，他为寇司马送行，是对越乡进行了深入了解、抉发其美、做足了功课的，写来颇有诱惑力。"蒲鱼"，《全唐诗》作"蒲萄"。今从明曹学佺编《石仓历代诗选》、清徐倬编《御定全唐诗录》。《御定全唐诗录》注云："《周礼·职方》：'其利蒲鱼。'卢纶诗：'同此利蒲鱼。'俗本作'蒲萄'，误。""熟"，成熟、长成，此指鱼肥。"人烟橘柚香"，南朝梁任昉《述异记》载："越多橘柚园，越人岁出橘税。"

尾联"兰亭应驻楫，今古共风光"，嘱咐寇司马在经过山阴兰亭的时候，应舣舟登岸，莫违了此地可使人游目骋怀、极视听之娱的好风光。言外之意，寄望寇司马在此获得如王羲之一样通彻的人生感悟。如此，则寇司马明州之行，其行旅和生活的畅快之意，就远大于仕途的失意了。

送别总不免有忧伤。但本诗尽量写越乡之好处，给寇司马以慰藉。我们今日阅读此诗，平心而论，这些好处还是客观的。诗人所称美的，也是至今越乡还引以为豪的事物。

诗中剡山、兰亭，虽在明州境外，但近在咫尺，也是明州的外部环境，可资借用的宝贵资源。

于季友

> 于季友（生卒年不详），河南人，宪宗时宰相于頔第四子。尚宪宗长女永昌公主，拜驸马都尉。后坐事夺官。文宗大和六年至八年（832—834）任明州刺史。大和六年在明州兴修水利，于州城西南四十里筑仲夏堰，溉田数千顷，此事颇受百姓感戴。于季友能诗，惜今仅存1首。

范处士在育王寺书碑因以寄赠

墨妙复辞雄，扁舟访远公。
云天书梵字，霜月步莲宫。
迹寄双林下，名留劫石中。
遥知松径望，棠叶满山红。

本诗镌刻于唐代《阿育王寺常住田碑》后，清王昶编入《金石萃编》卷一〇八，孙望《全唐诗补逸》卷七收入。

题目"范处士"，指范的，顺阳（今属河南淅川）人。于季友《育王寺碑后记》云："剡越间有隐逸之士曰范的，业文工书，未遇于时，常萍泊云水间。一日，扁舟至明。""育王寺"，阿育王寺，在今宁波市鄞州区阿育王山。"书碑"，指书写《阿育王寺常住田碑》。碑文为唐时万齐融所撰，徐峤之书，其后碑瘗，大和七年（833）范的漫游到明州，于季友便

阿育王寺常住田碑

邀请范的重书。

这是一首五言律诗。

首联"墨妙复辞雄，扁舟访远公"，谓范的书法造诣高妙，而且诗文亦称雄当代；今因寻访高僧，乘舟来到了明州育王寺。言外之意，此为本邦幸事。"远公"，东晋庐山东林寺高僧慧远。远公好结交文友，此处用以指称育王寺高僧。

颔联"云天书梵字，霜月步莲宫"，谓范的受邀请，在寺中昼书石碑，夜赏清月。"云"字，《金石萃编》缺，据清赵绍祖《金石文钞》补。"字"字，《金石萃编》缺，据《金石文钞》补。"莲宫"，指寺庙。"莲"字亦暗扣"远公"，"远公"曾结"莲社"，为文人之雅集高会。

颈联"迹寄双林下，名留劫石中"，谓范的今栖身在寺院里，书写碑文，将大名留在了石碑上，功德和嘉名必传之后世。"双林"，娑罗双树林，释迦牟尼涅槃处，此借指寺院。"劫石"，有双关义。一是指遭劫后重新书刻的石碑——原徐峤之所书《阿育王寺常住田碑》遭瘗，今范的重书，书者署名（确实碑题下署有"顺阳范的书并篆额"）；二是用佛教语义，《大智度论》卷五："佛以譬喻说劫义。四十里石山，有长寿人，每百岁一来，以细软衣拂拭此大石尽，而劫未尽。"后因以"劫石"指时间之久远。

尾联"遥知松径望，棠叶满山红"，谓我猜想您此时当在寺前的松间小径上，眺望阿育王山美丽的秋色吧？棠叶一定染得满山通红啦！此以遐想之情景结尾，有情致，富于画面之美，甚妙！"棠"字，《金石文钞》作"栗"。

本诗非常宝贵，有史实相配合，为宁波留下了一段千古佳话。

范 的

> 范的,生卒年不详,与于季友同时,见上文介绍。

时在育王寺书石字奉酬中丞使君寄赠四韵依次用本韵

拙艺荷才雄,新诗起谢公。
开缄光佛域,望景动星宫。
风雪文章里,书镌琬琰中。
将谁比佳句?霞绮散成红。

本诗是与上篇于季友赠诗的酬唱之作,同刻于《阿育王寺常住田碑》后,清王昶编入《金石萃编》卷一〇八,孙望《全唐诗补逸》卷七收入。题目里的"中"字原缺,据《金石文钞》补。"中丞使君",称于季友。于季友曾任"中丞"职,不详(今仅知于季友曾任殿中少监,而殿中丞为其佐官)。现任明州刺史,故称"使君"。唐人将曾任职与后任职联称,比较常见,如下篇白居易《寄明州于驸马使君三绝句》,"驸马"指曾任驸马都尉,"使君"指今任明州刺史,与此例同。

首联"拙艺荷才雄,新诗起谢公",谓我拙劣的书艺,有幸承恩于万公齐融的文才,书写他撰的雄文《阿育王寺常住田碑》;又承蒙于中丞使君您寄赠新诗与我。"才雄",指万齐融。中宗神龙年间,万齐融与贺知章、贺朝、张若虚、邢巨、包融等，俱以吴越之士，文辞俊秀，驰名京都，人间往往传其文。"谢公"，南朝谢朓，曾任宣城太守，其诗歌清新，又重格律，为当时的"新诗"。此处用谢朓比喻于季友，用谢朓的"新诗"比喻于季友的《寄赠》诗。

颔联"开缄光佛域，望景动星宫"，谓我一打开您寄赠的诗函，便觉光芒耀于寺中；一想望您的身影，便觉文星闪动在天宫。"佛域"，此指寺庙。"景"，影。

颈联"风雪文章里，书镌琬琰中"，谓风花雪月呈现在您的诗文里，书法镌刻在了碑石中。"风雪"，风花雪月的省称，泛指四时景色。"琬琰"，琬圭和琰圭，此处用为碑石的美称。[按，于季友撰写的《育王寺碑后记》(《全唐文》卷七四一收入)、写给范的的赠诗，都镌刻在《阿育王寺常住田碑》后。]

尾联"将谁比佳句？霞绮散成红"，谓拿谁的佳句来与您的"棠叶满山红"相比呢？恐怕也只有谢朓的"余霞散成绮"可比了。这个结尾也呼应了首联"谢公"的比喻。

本诗回应于季友的赠诗，极尽赞美之能事。拈出谢、于的两个佳句对比，其画意确具可比性。范的同是诗人，自具识鉴。

大唐越州都督府
鄮縣阿育王寺常
住田碑
右碑是前 趙州
刺史徐峤石書
前秘書慰正字郎
萬齊融撰
順陽范的書并篆

時在育王寺書名字奉酬
丞使君寄贈四韻依水用本韻
慶士范的上
拙藝荷存新詩超
謝公開城之佛城

桂景動星雲風戲
文章襄書鶴琼瑤
中採誰比佳向傾
綵艘娥

白居易

> 白居易(772—846),太原(今山西太原)人,迁华州下邽(今属陕西渭南)。贞元十六年(800)进士。白居易的仕途中,曾分别以太子左庶子、太子宾客、太子少傅,分司东都洛阳。与于季友颇有交情。

寄明州于驸马使君三绝句

有花有酒有笙歌,其奈难逢亲故何。
近海饶风春足雨,白须太守闷时多。

平阳音乐随都尉,留滞三年在浙东。
吴越声邪无法用,莫教偷入管弦中。

何郎小妓歌喉好,严老呼为一串珠。
海味腥咸损声气,听看犹得断肠无。

"于驸马使君",指于季友,见上文介绍。于季友尚宪宗长女永昌公主,曾拜驸马都尉。永昌公主始封普宁公主,宪宗特爱之。元和三年(808)下嫁于季友,恩礼甚盛。后徙封为永昌公主。可惜好景不长,约元和七年(812),公主薨。后来于季友遭遇到一些变故。公主薨后二十年，于季友任明州刺史。于季友任职明州的第二年（大和七年，公元833年），白居易以太子宾客分司东都洛阳，与朋友出游至于家，感慨而作《同诸客题于家公主旧宅》诗："平阳旧宅少人游，应是游人到即愁。布谷鸟啼桃李院，络丝虫怨凤皇楼。台倾滑石犹残砌，帘断珍珠不满钩。闻道至今萧史在，髭须雪白向明州。"用凤楼典故，把于季友比作秦穆公女儿弄玉的夫婿萧史，暗蕴当年于家公主宅音乐歌舞之盛，吹箫引凤，琴瑟和美；叹今楼台荒凉，而于驸马已"髭须雪白"，独在明州。录此诗歌，对读者体味上面三首绝句的情感内涵，应有所助益。

这是三首七言律绝，白居易作于大和八年（834）春，即于季友任职明州的第三年。

第一首，谓季友你在明州为刺史，自然不会缺少花、酒、笙歌这些物质的享受，但是奈何在那里难逢亲人故旧，有情难寄。虽然明州近海而春风春雨充足，春景必然美丽，但我知道，你这位髭须已白的太守，定然郁闷的时候为多。"花"，语意双关，既指自然界之花，也指歌女，即第三首所说的"小妓"。

第二首，谓当年永昌公主制作的乐曲和蓄养的歌妓，后来随着你流转多地，近三年来，也跟随你一起留滞在了浙东。与中原的音乐相比，吴越之音可能邪辟而不合法度，但是时间长了，请注意不要让它渗进原本纯正的音乐中。"平阳"，汉景帝之女阳信长公主，嫁平阳侯曹寿，因称平阳公主，此借指永昌公主。"都尉"，指于季友，曾拜驸马都尉。"偷"，指暗中，不知不觉中。"管弦"，代指音乐。

第三首，谓我们当年曾经见识过你的一位年轻的歌妓，那歌喉才真个是好，她的歌唱，严老惊呼如一串珍珠撒落之声。如今她随你在明州，那里的海味可是又腥又咸，莫不会损坏了她的声气吧，听听看还能有那种令人回想起来就为之断肠的美妙之音否？"何郎"，三国魏美男子、名士何晏，尚曹操之女金乡公主。因其面如傅粉，人称"傅粉何郎"。此处

• （五代）顾闳中《韩熙载夜宴图》（局部）

用指于季友。"小妓",应是一位长期随行、陪伴于季友的歌妓。"严老"句下,原注:"严尚书与于驸马诗云:'莫惜歌喉一串珠。'"严尚书即严休复,大和七年至九年(833—835),以检校礼部尚书充平卢军节度使,白居易是以其此时之官职来称呼他的。严休复所作全诗今已不存,仅白居易此注保留下这一句。严休复能诗,《全唐诗》录存2首。

  这三首绝句涉及明州,但由于诗人是站在关怀友人、感伤离别的角度来写,明州的风物被取用为某一说项的衬托、对比,有时就难免被贬抑。"近海饶风春足雨",本为明州春天之美好,却难消解于季友的苦闷,此在说明其身边缺少亲故而产生的苦闷之多;"吴越声邪无法用",则又是将吴越之音作为"土俗"之音,与纯正、高雅之音相对立来贬损的;"海味腥咸损声气",因明州濒海,便说腥咸之味有损歌喉嗓音。但这些都只是一种创作方法而已。诗人在吴越仕宦游旅多年,其实非常喜爱吴越风物,这些见于他的其他诗词中,不赘。

施肩吾

施肩吾(生卒年不详)，字希圣，号栖真子、华阳真人。名、字、号，全与修道有关。睦州分水(今属浙江杭州桐庐)人。早年隐居四明山学道。被人推荐，元和十年(815)赴长安参加科举考试，元和十五年(820)进士及第。他是四明山仙境涵养出来的一个执意于修道的人，在京城展示才学之后，并不待授官干禄，就急忙东归。诗人张籍作《送施肩吾东归》，概括得非常精到："知君本是烟霞客，被荐因来城阙间。世业偏临七里濑，仙游多在四明山。早闻诗句传人遍，新得科名到处闲。惆怅灞亭相送去，云中琪树不同攀。"且是对他羡慕得很。七里濑在钱塘江上游、富春江流经桐庐县城南约15千米处的富春山麓，因江流湍急，连亘七里，故名。东汉高士严子陵(名光)垂钓隐居于此，有钓台等遗迹。施肩吾的家乡在这里，他自幼也受到严子陵隐逸文化的浸润。严子陵是四明余姚人，施肩吾早年便来到四明山修道。后来施肩吾又至道教十二真君羽化处洪州西山(在今江西南昌新建)修炼，终老于此。其间有《岛夷行》一诗，或为仙游海上而至澎湖列岛所作。

施肩吾曾长时间在四明山为烟霞客，对四明山的景物必然相当熟悉。张籍在说他"仙游多在四明山"句后，紧接着就说"早闻诗句传人遍"，那么，其诗句或不乏写四明美景的。除今笔者挑出的他明确写四明的诗歌，或许他另有作品也是写四明的，只是没有明确的地点表达而已。比如，他的《瀑布》诗："豁开青冥颠，写(同"泻")出万丈泉。如裁一条素，白日悬秋天。"完全符合雪窦山千丈岩瀑布的特征；他的《夜岩谣》可与《同诸隐者夜登四明山》对读；他的《海边远望》《晓光词》，考其一生行踪，而觉得置之于四明山隐居、仙游时期观东海日出，更为恰切；等等。但我们还是谨慎地不收为写四明的作品，只以其明确言之者为准。即使这样，他也是四明唐诗的最大奉献者之一。

同诸隐者夜登四明山

半夜寻幽上四明,手攀松桂触云行。
相呼已到无人境,何处玉箫吹一声?

标题提供的信息颇全,"同诸隐者",一是可见唐时四明山隐者多,二是他们有时也呼朋唤友偕游。山水之美,的确常常需要天机清妙的同道相互发明、分享。"夜登",显示了兴趣之浓,则白昼之游,已在言外。山水游观,一是游,即空间的移动,此"登"字已显义,且山之高,也在字义中;二是观,即看,以及调动各种感知器官来领受。白天不是看得更清晰吗?白天游了为什么晚上还游呢?这个问题就留在诗里回答了。用标题给诗句留足空间,这是善于作诗者的高明之处。

这是一首七言律绝。

"半夜寻幽上四明",第一句就开始回答这个问题。原来呀,同样的景观,在不同的时间和气象条件下欣赏,得到的审美享受和意境是不一样的。"半夜",夜深则宁静,是"寻幽"的前提。"寻"字紧扣标题"登";"幽"字是全诗的关键词,它是一种山水美的境界,与"明"组成一对美学范畴。正是为了寻觅这"幽"境,才有这次"夜登"行动,才产生出这首诗来。

第二句"手攀松桂触云行",进一步扣"登"字。行为方式、具体景物、山峰高度、攀登难度,都包含了,当然,还有蕴藏于言外的高昂兴致。读这一句,立刻让我们想起张籍送施肩吾东归时,遗憾其"云中琪

●（明）蓝瑛《松岳高秋图》（局部）

树不同攀",或许张籍此前读到了本诗耶?

如果说前两句是写寻幽的过程,那么后两句就是写所寻到的幽境:"相呼已到无人境,何处玉箫吹一声?""相呼"二字,照应标题"诸隐者"。"无人境",乃谓高峰、夜色已经完全把尘世阻绝,不是"幽境",又为何呢?更在这万籁俱静的幽境中,不知从何处传来一声玉箫的清妙之音,那么缥缈、空灵,恍惚迷离之间,这幽境已臻仙境了吧?末句以有声衬托无声,以显"幽"。此处"玉箫"化用"弄玉吹箫"的典故,暗指仙人在吹箫。相传春秋时秦穆公之女弄玉好吹箫,萧史善吹箫作凤鸣,穆公以弄玉妻之,作凤台以居。二人吹箫,凤凰来集,后夫妻一同乘凤凰升仙而去。事见西汉刘向《列仙传》卷上。

最后附录施肩吾的《夜岩谣》,以供有心人与他的这首《同诸隐者夜登四明山》对读。其诗曰:"夜上幽岩踏灵草,松枝已疏桂枝老。新诗几度惜不吟,此处一声风月好。"

宿四明山

梨洲老人命余宿,杳然高顶浮云平。
下视不知几千仞,欲晓不晓天鸡声。

这是一首七言古绝,写夜宿四明山梨洲峰(今属余姚)所获得的一种超凡体验与美感。

起句"梨洲老人命余宿",托言是孙绰老人命令我在此住宿。谓是神意的安排,则带一点非主动求宿之意,为下文陡起的惊喜伏笔,此乃一种机灵、戏言式的狡狯笔法。

"梨洲老人",指晋人孙绰(字兴公)。梨洲因孙绰而得名。宋罗濬等纂修宝庆《四明志·叙遗·纪异》记述以前的异闻,说:"梨洲……即四明山之西峰。按《四明山记》云:晋时溪边沙上忽生梨实,时孙兴公及兄承公同游至涧侧,得梨数枚,左右环视,莫见其迹,意以为仙物也,故号梨洲。"又有旧志据传闻称他们获仙梨食之而成仙。有传孙绰的后人定居于梨洲,故宋末元初戴表元《春溪恶寄孙常川》说:"君不闻孙兴公,逃乱走入黎洲峰。子孙百世居峰下,往往翰墨余仙风。""黎洲"即"梨洲","黎"与"梨"同音通假。如北齐颜之推《颜氏家训·名实》:"或赉黎枣饼饵,人人赠别。"一本作"梨"。又明代余姚黄宗羲曾隐居梨洲,故号"梨洲",又作"黎洲"。《全唐诗》收施肩吾这首《宿四明山》,亦作"黎洲"。

第二句"杳然高顶浮云平",描写峰顶之高与云齐。"杳然",邈远貌,此从下界仰视着笔,形容其高。第三句"下视不知几千仞",此又身在峰顶,转为从俯视下界落笔,谓不知其有几千仞。"仞",古代长度单位,七尺(一说八尺)为一仞。末句"欲晓不晓天鸡声",言将要天亮之时,竟然听到了天鸡报晓的啼鸣声!诗虽戛然而止,兴奋却在无边延伸。

求仙,实际上是永不可得的;而诗人却要说能够得到。从诗歌构思的角度来看,末句是在关合首句,即梨洲老人命我宿此的用意,至此完全彰显出来,原是要给予我这么难得的近乎仙境的领略呀!

诗人把夜宿四明山梨洲峰的审美体验,通过游仙的方式和奇幻的景象来传达,虚实结合,颇有引人入胜的意境。这也是他"仙游多在四明山"的一处确证吧。

忆四明山泉

爱彼山中石泉水,幽声夜落虚窗里。
至今忆得卧云时,犹自涓涓在人耳。

四明山的泉水、瀑布,从数量说,很多很多;从体量、姿态、色彩、声音等感觉来说,很美很美;从审美类型来说,千姿百态,或阳刚,或阴柔。施肩吾在四明山中隐居、漫游的时候,它们伴随在他的身边,使他陶醉,从而给他留下了难忘的记忆。这首诗,便是一篇"幽"美型的四明山泉的怀念之作。

这是一首七言古绝。

"爱彼山中石泉水",首句就毫不掩饰地表达对四明山泉的热爱之情。这句为概述。接着第二句就回忆一个场景、细节,"幽声夜落虚窗里",谓夜晚泉声传进窗户来,此天籁不喧哗,不扰人,竟是那么幽美。这个细节,不是偶然、短暂的一次相遇,因为他的隐居处所(由"窗"字所显示),就在离石泉不远的地方,可知这美妙之音夜夜陪伴。"落"字精妙。耳闻其声,却用视觉的"落"字写出。一方面,基于平时观看石泉由高处落下的自然态势这一"经验"判断;另一方面,也是一种唐人早已采用、后人称为"通感"的艺术手法,如白居易"大珠小珠落玉盘"将听觉转换为视觉形象,即是类同。"虚窗",可以理解为泉声关不住,传入窗内,特来亲人,则窗为虚设;更可以理解为诗人着意欣赏泉声,特将窗户敞开。则人与自然,是何其亲和。

"至今忆得卧云时,犹自涓涓在人耳",此二句为进一步强调,谓时

（明）恽向《山水画册》

至今日，只要我一回想起四明山隐居生活的情景，那涓涓的泉声就会在耳边响起，简直不招自来。换句话来解释，四明石泉之美，简直就是四明山留给我的最大回味。

读诗重在细细品味。有些意象意蕴，不可轻易掠过。译作白话，只是勉强。例如"卧云"，隐居之谓也，但作为诗歌意象，与用"隐居"一词对比，后者只是直陈其事，仅是一个概念，索然乏味；"卧云"则不然，意兴飞扬。云可卧乎？思之不合理，而味之甚得趣。如唐李白"吾将此地巢云松"（《登庐山五老峰》）、白居易"卧云坐白石"（《出山吟》）、方干"先生犹卧云"（《寄李频及第》）、刘得仁"窗宿卧云人"（《寄姚谏议》）等等，唐人频频用之，可知诗有诗语，特重意象。明于此理，类如"修道"一词，诗人爱用"餐霞"代之（施肩吾的一处隐居之所即名"餐霞阁"），以此推之可也。

寄四明山子

高栖只在千峰里，尘世望君那得知。
长忆去年风雨夜，向君窗下听猿时。

施肩吾离开了四明山，令他难以忘怀的，除了山中的美景（如上篇之四明山泉），还有山中的人。这首诗所称的"四明山子"，应是本山一居民，也应是诗人的一位道友，"四明山子"当是这位居民的"号"。

这是一首七言律绝。

"高栖只在千峰里，尘世望君那得知"，这位朋友居住在四明山的群峰里，尘世间怎能望得到呢？无人知晓。"高栖"一词，指隐居。晋陶渊明说："褴缕茅檐下，未足为高栖。"(《饮酒》其九)高栖者避世，高人高逸，所以世人不知其所。此两句也暗示了其环境的幽静，为下文夜闻猿啼做好了铺垫。

"长忆去年风雨夜，向君窗下听猿时"，此特写一个难忘的场景、细节：去年某风雨之夜，住宿在你家，而有猿啸之声穿透风雨传来，呀，那美妙之音，竟使我挪身窗下，洗耳聆听。"长忆"之"长"，谓使人回味不已。"长忆……时"，这一结构中的"时"字，谓那片时刻，那段情景。与"长"字形成反差，衬出其珍贵。猿声，能于隐者窗下闻之，则隐者与猿，已如朋侣友人。古人之谓"友猿""盟鸥"之类，皆有喻人高逸之意。所以，这首诗的最后两句，不仅写出了四明山子居所的幽静环境，以及自己夜闻清猿的美感体验，还赞美了道友修炼的境界。

说来凑巧，施肩吾这四篇作品，都是写四明山的夜晚，都是写幽境，都写了声音，意境都引人入胜。四明山可游可居，当今发展旅游民宿业，此或有可取之处。全面地看，唐人所有吟咏宁波的诗歌，委是十分宝贵的旅游文化资源，大可抉发其内涵价值，提升旅游的文化品位。

（明）程正揆《山水图》

邢允中

> 邢允中(生卒年不详),明州奉化(今宁波奉化)人,元和(806—820)间官至左班殿直、监盐酒商税务。今存诗2首,均为写宁波的作品。其事、诗均见清人董庆酉辑《四明诗干》卷中,今人张靖龙辑出,陈尚君编入《全唐诗补编·续拾》卷二三。

洗钵潭

潭水澄初地,长为洗钵供。
已能降虎豹,不问揽鱼龙。
溅沫溪莎碧,疏流石濑重。
此中清净理,继迹有禅宗。

这首诗所写的洗钵潭,和下一首写的驻锡峰,都在唐代明州奉化西山护国寺(北宋英宗治平后,改名资国禅寺)。元袁桷延祐《四明志》卷十七载:"西山资国禅寺,州(按,元朝升奉化为州,隶属庆元路)西南五里,旧名护国。唐元和间创,宋治平初赐今额。唐左拾遗、弘文馆学士虞世美为记。有洗钵池、罗汉迹、驻锡峰、应供泉。乃天台第四尊者成道之地。上有乐亭,至和中,县令郏修辅为记。"

"洗钵潭",为资国寺里一潭用于洗钵的清水。钵,此指禅林中僧人用于盛放食物的器具。每用食结束,清洗钵盂,称为洗钵。

这是一首五言律诗。

首联"潭水澄初地,长为洗钵供",紧扣题目,介绍这潭清水的用途。"澄",澄澈。"初地",此为对寺庙之称呼,例如唐王维《登辨觉寺》诗:"竹径从初地,莲峰出化城。""供",供给。首联大意是说,资国寺里这一泓澄清的潭水,自开辟以来,长期供僧人洗钵之用。

颔联"已能降虎豹,不问揽鱼龙",顺承首联意思,说因为潭水长期供僧人洗钵,所以洗钵潭也具有了强大的法力,已能伏虎降龙。此为化用佛经和佛教故事,《法华经》:"或漂流巨海,龙鱼诸鬼难,念彼观音力,波浪不能没。……或遇恶罗刹,毒龙诸鬼等,念彼观音力,时悉不敢害。若恶兽围绕,利牙爪可怖,念彼观音力,疾走无边方。"南朝梁慧皎《高僧传·神异下·涉公》:"能以秘咒咒下神龙。"唐道宣《续高僧传·习禅一·僧稠》:"闻两虎交斗,咆响振岩,乃以锡杖中解,各散而去。"在文学作品中,"虎豹""鱼龙",从构词成分看,陆生、水族,连类而及;从常见比喻意义看,指祸害。而佛法无边,降伏猛兽,消灾避祸,唐诗中即有"复有峨眉僧,诵经在舟中。夜泊防虎豹,朝行逼鱼龙"(岑参《东归发犍为至泥溪舟中作》)、"闻有胡僧在太白,兰若去天三百尺……窗边锡杖解两虎,床下钵盂藏一龙"(岑参《太白胡僧歌》)①、"杯浮野渡鱼龙远,锡响空山虎豹惊"(许浑《乘月棹舟送大历寺灵聪上人不及》)等说法。此外,佛教善用譬喻,则"猛虎""毒龙"又可喻妄念烦恼。"揽",此指收伏。"已能……,不问……"乃关联句,意思是"已经能够……,不必问……"

颈联"溅沫溪莎碧,疏流石濑重",称赞潭水流出后的功德。说它

---

① 岑参该诗有序云:"太白中峰绝顶有胡僧,不知几百岁。眉长数寸,身不制缯帛,衣以草叶,恒持《楞伽经》,云壁迥绝,人迹罕到。尝东峰有斗虎,弱者将死,僧杖而解之;西湫有毒龙,久而为患,僧器而贮之。"

流入山溪,溅起飞沫滋润得两岸的莎草碧绿,疏通水道冲击乱石激起层层浪花。"濑",沙石上流过的水。汉王充《论衡·书虚》:"溪谷之深,……浅多沙石,激扬为濑。""重",读音chóng,平声"冬"韵。

尾联"此中清净理,继迹有禅宗",概括、议论洗钵潭蕴存深微的佛理,并祈颂此潭永传于禅宗。

本诗咏洗钵潭,注重其禅意的抉发。为避免枯索,中二联进行诗味浓郁的形象描述,蕴含禅意,极为隽永。

惜今该寺不存,洗钵潭已无觅处,无由得窥其貌。特录南宋楼钥《西山资国寺》一诗,可略想其境:"野溪清浅度危桥,径策枯筇上紫霄。晓雾暗蒸山寺雨,松风深隐海门潮。浮杯水涨人何在,洗钵池清意已消。又上乐亭台上看,云山万叠更逍遥。"

驻锡峰

高峰常驻锡,灵异见当年。
卓立惊沙界,光辉动梵天。
鹤飞青霭外,龙护赤岚边。
丈室仍相对,重来果夙缘。

驻锡峰,即护国寺所在地西山之峰。西山被高僧选中,驻锡创寺于此,故名。驻锡,指僧人住止。因其出行以锡杖自随,住止则为驻锡。

首联"高峰常驻锡,灵异见当年",谓这处高峰最为可尚("常",通"尚",尊崇)的,是当年有高僧来到,驻锡不去,创立了禅寺,于是便有种种灵异呈现。下面颔联、颈联便是具体呈示驻锡峰的"灵异":它巍然卓立，使大千世界为之惊异；它身披佛光，耀动于色界诸天。灵鹤从青霄之外向它飞来，祥龙守护于它释放的赤岚边。

颔联"卓立"，紧扣"高峰"二字，亦写出此峰自高僧驻锡创寺之后的崇高。"沙界"，佛教语，谓多如恒河沙数的三千大千世界。"光辉"，此指驻锡峰的佛光。"梵天"，本为佛教对众生轮回的三界（欲界、色界和无色界）中色界初三重天的称呼，此处泛指色界诸天。"卓立惊沙界，光辉动梵天"，此为彰示驻锡峰的地位和影响。颈联"鹤""龙"，皆为虚拟。灵鹤远来翔集，祥龙近卫护持，描绘出驻锡峰的法力和对灵物的感召。二联所示之"灵异"，均以形象出之。

高僧在奉化州西山驻锡创寺是在唐元和（806—820）年间，邢允中是本州本时期人，有所见证寺成之后"当年"的兴盛景象。本诗所称"当年"的这些"灵异"，其实都是他若干年后的"今日"，"重来"寺中所回顾而虚拟的。尾联"丈室仍相对，重来果夙缘"才是实在处，即谓我这次"重来"，在僧房里，仍与驻锡峰相对，证悟前缘。此亦表达自己对佛教的皈依。"丈室"，方丈之室，此指僧房。"果"，实现；也指佛教徒修行达到一定的证悟境界。"夙缘"，以前的因缘。

全诗赞美驻锡峰，构思颇妙。先在"灵异"二字上下足功夫，最后落实于自身证悟，心灵皈依。

将本诗与《洗钵潭》对读，当更能体会诗人对于佛禅的心灵体悟，亦可窥知唐代佛禅在宁波地区传播和对人心影响的程度。

许 浑

　　许浑(约791—约858)，祖籍安陆(今湖北安陆)，寓居丹阳(今江苏丹阳)，遂为丹阳人。早年漫游，曾至浙东越中、天台等地，《唐才子传》说他"早岁尝游天台"。大和六年(832)进士，一度至南海入幕府。后历官当涂令、监察御史、润州司马、虞部员外郎(分司东都)、睦州刺史、郢州刺史等。仕宦期间曾两次因病归养。许浑诗名颇著。诗歌多清丽之作，长于登临怀古及宦游送别题材。与杜牧、李频等友善，有诗唱和。大中四年(850)自编其诗《丁卯集》三卷，五百篇。后世所传不完整，《全唐诗》收为十一卷，今除去混入的他人之作，存诗亦近五百篇。晚唐五代诗人韦庄《题许浑诗卷》曾称赞道："江南才子许浑诗，字字清新句句奇。十斛明珠量不尽，惠休虚作碧云词。"许浑不止一次游浙东，这位"十斛明珠"的江南才子翻越了四明山，挥洒了一颗明珠在鄞江北渡，至今泠然有声。

晓发鄞江北渡寄崔韩二先辈

南北信多歧，生涯半别离。
地穷山尽处，江泛水寒时。
露晓蒹葭重，霜晴橘柚垂。
无劳促回楫，千里有心期。

许浑这首诗，非早年漫游浙东时作，此从题目"崔韩二先辈"的称呼可知。"先辈"，此处是唐人同为进士出身者互相之间的敬称。其中的崔先辈，与许浑《送同年崔先辈》诗中所称的是同一人。"同年"，即对同榜及第者的称呼。"崔韩"，应是指崔寿、韩乂二人。因此，这首诗是许浑进士及第且颇有仕宦经历以后的作品。检点许浑诗，有《再游越中伤朱庆馀协律好直上人》，其"再游越中"的时间，是在朱庆馀、好直上人都去世之后。朱庆馀卒年不详，好直上人的卒年，据《宋高僧传》卷三十《唐上都大安国寺好直传》，为开成四年（839）十月二十五日。则"晓发鄞江北渡"诗，不会早于此年。又许浑有《陪越中使院诸公镜波馆饯明台裴郑二使君》，"越中使院"，即浙东观察使院，治所在越州（今绍兴）。"明台"，明州和台州。"裴使君"，不详。"郑使君"，郁贤皓先生《唐刺史考·江南东道》认为"或即郑薰"，郑薰会昌六年（846）始为台州刺史。所以，"晓发鄞江北渡"诗，应是许浑后期某次来浙东，翻越了四明山后，经过鄞江北渡所作。

为什么要弄清这首诗写作的大致时间呢？"知人论世"，因为这首诗的首联"南北信多歧，生涯半别离"，是叙述自己走南闯北的经历，他说自己在南方北方的漫游、宦游实在多历歧路，简直生涯的一半都是在与亲友们的别离中度过的。就与崔、韩两位友人而言，也是分别很久了。他们是大和六年（832）的同年进士，这首诗即使作于好直上人去世的当年（839），与崔、韩之别已经过了7年；如果作于郑薰始为台州刺史的当年（846），则过去了14年。同年进士之间，倾诉"行路难"、与亲友别多会少之慨，包含了难以直说而彼此都心领神会的苦衷。

这首五言律诗的首联就慨叹路难行，接下来颔联便说现在"行"到哪儿了，"地穷山尽处，江泛水寒时"，这就是鄞江北渡，此刻人生的坐标所在。鄞江，奉化江的支流。北渡，渡口名，在鄞江与奉化江交汇处。渡口西北岸属今海曙区石碶街道，东南岸属今奉化区方桥街道。北渡是南来北往的交通要道，许浑经此，结合诉说离别的主题，触发了人生多歧路的浩叹。从四明山西面的越州，来到四明山东面的明州鄞江北渡，作为第一次行至此地的许浑，他感觉像是到了"地穷山尽处"，因为再往东，便是大海了。这句是从空间来写大方位。下句"江泛水寒时"，扣着眼前鄞江北渡这个地点、环境以及时序来写。唐人常在一联对仗之中，以时空为结构，如王维"行到水穷处，坐看云起时"、杜甫"万里悲秋常作客，百年多病独登台"等，其人生的位置，就在这时空交汇点上；而人生的情怀、命运等，就由这时空的环境（意象）来显现。许浑今存诗全部都是格律诗，他精于属对，圆熟稳妥。清人田雯《古欢堂集·杂著》指出："诗律之熟，无如浑者。"这"地穷山尽处，江泛水寒时"，便也是一个属对经典。"寒"字，既扣住标题"晓"（早上），也写出了"江泛"时对秋水的感受，此外，首联的情绪也延续其间。"水"字，《文苑英华》作"月"。笔者认为，取"水"字为好，有三个理由：第一，《丁卯集》《瀛奎律髓》《全唐诗》均作"水"字；第二，与"山"为工对（水对山，同属于地理类名词；月则属于天文类名词）；第三，许浑诗爱用"水"字，前人有"许浑千首湿"[1]之评。

颈联"露晓蒹葭重，霜晴橘柚垂"，描绘北渡秋景，着色清丽，有如图画，属对也十分工整。"露晓"，一作"雾晚"。从蒹葭"重"（zhòng）的措辞用意以及扣题来看，作"露晓"为宜，谓早上蒹葭露重，也是化用《诗经·秦风·蒹葭》"蒹葭苍苍，白露为霜"语典。宁波处江南越地，水边蒹葭是常见植物；《述异记》载"越多橘柚"，霜晴后的橘柚垂挂枝头，不仅色彩夺目，累累果实也十分诱人。颈联这两句，显示出诗人心境的转变——能为宦游人带来一些慰藉的，往往是他乡的美丽风物。

尾联"无劳促回楫，千里有心期"，谓不劳两位友人催促我归去，虽

---

[1] 见《苕溪渔隐丛话》引《桐江诗话》。

然相隔千里，我内心是相许的。"回楫"，掉转船头回去之意。"心期"，内心相许。王勃《山亭兴序》："千里心期，得神交于下走。"

  本诗虽然带有诗人宦游和离别的愁绪，但是对宁波地理环境和风物特色的描绘，是很出色的。"露晓蒹葭重，霜晴橘柚垂"，一幅鄞江北渡之清丽图画，可传千秋。

周　贺

　　周贺(生卒年不详),东洛(今河南洛阳)人。初居庐山为僧,法名清塞。后客南徐(今江苏镇江)三年,又隐居嵩阳少室,往来终南山等地。工诗,格调清雅。文宗大和(827—835)末,往谒杭州刺史姚合,合爱其诗,命还俗。晚年往依名山诸尊宿自终。周贺今存诗一卷,近九十首。

　　周贺与姚合、贾岛、方干、朱庆馀等友善,多有酬唱。他们都对周贺的浙江游历有影响。姚合为金州(今陕西安康)刺史时,贾岛曾在《宿姚合宅寄张司业籍》诗中说:"身爱无一事,心期往四明。"他在该诗中所描绘的那种"松枝影摇动,石磬响寒清"的清幽环境,正是他们这批追求"清奇雅正"[①]风味的诗人的共同向往。后来姚合任杭州刺史,周贺来浙江拜谒。方干也是姚合的追随者,他是睦州青溪(今浙江淳安)人。他隐居在会稽镜湖,以此为据点,遍游四明山等地。朱庆馀是越州人。检点周贺今存诗歌,可知他在浙东的游历有越中(今绍兴一带)、四明、剡中、天台等地。他在越中逗留时间颇长,有栖身的据点,从其诗歌《早春越中留故人》"此行经岁近,唯约半年回"、《赠厉玄侍御》"山松径与瀑泉通,巾舄行吟想越中。……乡僧来自海涛东"等言语,均可知之。"乡僧"句,似乎他又恢复了僧人的身份。"海涛东",指浙东。

---

① 见唐张为《诗人主客图》。

四明兰若赠寂禅师

丛木开风径,过从白昼寒。
舍深原草合,茶疾竹薪干。
夕雨生眠兴,禅心少话端。
频来觉无事,尽日坐相看。

  本诗的标题见于北宋李昉等编《文苑英华》;北宋晁迥《法藏碎金录》卷五作"赠四门兰若寂禅师"("门"字当系"明"字之误);而《全唐诗》作"题昼公院"。昼公,指皎然,字清昼。皎然居湖州杼山(位于今浙江湖州妙西),早在贞元(785—805)中已卒,与周贺不相及。周贺倒是另有诗《宿杼山昼公禅堂》(标题一作"宿甄山南溪昼公院"),但诗中只述"宿"事,并不涉及与人(昼公)交往。皎然早已去世,周贺来此住宿,这没问题。《四明兰若赠寂禅师》则不然,诗中"禅心少话端""尽日坐相看"都涉及人,这个人不可能是清昼,而且从表达的意思看,都紧扣标题"寂"禅师。所以,《文苑英华》的标题"四明兰若赠寂禅师"是正确的,《全唐诗》标题作"题昼公院"为明显错误,应予纠正。

  "兰若",是对寺院的称呼,为梵语"阿兰若"的省称,意指寂净无苦恼烦乱之处。本诗这一处"兰若"具体在四明的何处,已不可确考。"寂禅师",亦不可考。

  这是一首五言律诗。

  首联"丛木开风径,过从白昼寒",写自外往寺,寺院在树林幽深之处。已有"寂"意。茂密的树丛中开有一条小径,诗人穿过这条阳光难以照射到的小径与禅师往来，在白天都觉得满是寒意。"径"字前冠以"风"字，则表现出林木之茂，风都只能顺着这条路子流通，人行径上，凉风习习，故谓之"风径"。"过从"，往来。

颔联"舍深原草合，茶疾竹薪干"，写进寺所见和受到禅师煎茶款待。说僧舍深处于原草的合围中；禅师以茶相待，因为以干竹为薪，旺火煎茶，茶来得快。"原草"，大概寺院择地在山间比较平坦之处，故寺庙周边所生之草谓之"原草"。"疾"，迅速。表面意思是说火旺而茶疾，深层则是含有主人热情接待的意思。

颈联"夕雨生眠兴，禅心少话端"，写在寺中的随缘自在。谓傍晚时下起了雨，催生了人的睡意；而禅师高人待我以禅心，置我于禅境，默契神交，话题自是无多。此处最是表现出寂禅师之"寂"的妙意。晁迥《法藏碎金录》卷五评此句曰："信有之矣，夫吉人犹寡辞，而况真禅子，固无游谈戏论矣。"圣哉斯言！

寂禅师以禅心相对，乃因周贺亦有僧人的身份；周贺能解"寂""禅"之境，亦因自有禅心。

尾联"频来觉无事，尽日坐相看"，进一步表现禅心禅境，收缩得极好。因为前三联或使读者产生诗人偶来一次的感觉，那二人自是生疏，而少话端。结尾明确道出"频来""觉无事"，"尽日""坐相看"，每一词意都耐人揣摩回味。二人该是进入了一种神会默照的境界！

全诗不离禅师法名"寂"之意，确实与"昼公"无关。换句话说，这确实是赠予四明兰若寂禅师的诗。

寄宁海李明府

山县风光异,公门水石清。
一官居外府,几载别东京。
故疾梅天发,新诗雪夜成。
家贫思减选,时静忆归耕。
把疏寻书义,澄心得狱情。
梦灵邀客解,剑古拣人呈。
守月通宵坐,寻花迥路行。
从来知爱道,何虑白髭生。

"宁海",唐时为台州属县,今属宁波市。"明府",唐代对县令的称呼。"李明府",名字、生平不详。

理解这首诗,涉及有关诗句的内容到底说的是李明府还是诗人自己。假如诗人自己不居官职,那么这些诗句都是说的李明府。周贺是否做过官呢?过去,学界曾经根据姚合命周贺还俗,以及《全唐诗》中《秋宿洞庭》[①]诗"一官成白首",认为周贺晚年曾出仕。但是,该诗在《文苑英华》卷二九二作刘长卿诗,标题为《松江独宿》,刘长卿集中一直有此诗,而宋本周贺集缺载。所以,当作刘长卿诗。再从周贺开成(836—840)中《赠厉玄侍御》诗还称自己为"乡僧",实难断定他做过官。基于此,笔者做下面的解读。

---

① 该诗归于周贺名下,最早见于南宋计有功《唐诗纪事》。

"山县风光异,公门水石清",谓宁海县多山,风光奇异;连官署中的水石,也是那么清纯。"山县",对山区县邑的称呼。宁海县处天台山和四明山之间,县城远近有雁苍山、跃龙山、梁皇山等等。"异",一作"美"。"公门",官署,衙门。"水石",此指署中园池泉石。"公门水石清",语义双关,含称赞主政者清廉之意。

"一官居外府,几载别东京",谓李明府到宁海来做县令,离别东京几年了。相对于京城,在宁海为官自然属于"居外府"。"东京",指洛阳。唐以长安为西京,洛阳为东京。干吗要言及"东京"?或是李明府为洛阳人;或是李明府赴宁海任前,在洛阳为官;又或是李明府赴宁海任时,二人在洛阳相别。乡情、宦情、友情,总有一种是所系念、关怀、体贴的。

"故疾梅天发,新诗雪夜成",提醒李明府在宁海这个地方生活,要注意保重身体。宁海地处江南,潮湿闷热的梅雨季节,稍不留意会引发老毛病;遇到下雪的夜晚,作为诗人,不免兴致高昂而催生新诗,但也要防寒保暖,切莫寒吟伤身。

"家贫思减选,时静忆归耕",关切李明府的境遇与体贴其内心世界。"减选",减少铨选的次数。铨选是古代的一种选官制度,唐代六品以下文官,多由吏部按规定审查合格后授官,称为"铨选"。凡经科举考试、捐纳或原官起复,须赴吏部听候铨选。"时静",指时局安宁。此两句谓李明府因为家贫而想减少参见铨选的次数,时局安宁下来了,思念着归耕家园。

"把疏寻书义,澄心得狱情。梦灵邀客解,剑古拣人呈。守月通宵坐,寻花迥路行",这三联设想和建议李明府在宁海过这样充实的日常生活:据持前人的疏解,寻求书中真义;澄清自己的内心,以获得真实案情。梦灵,邀客人共析;剑古,选知音呈示。守望明月,通宵坐赏;寻觅异花,不辞远行。"疏",指阐释经书及其旧注的文字。"狱情",案情。

"澄心得狱情",指内心不受权势、利益、假象等各种因素的干扰,查清真相,公道处理案情。"拣",选择。"呈",示见,此指呈以鉴别、观赏。"守月",既指彻夜赏月,也指多夜守望月的变化,后者如王建《和元郎中从八月十一至十五夜玩月五首》,其一云:"半秋初入中旬夜,已向阶前守月明。从未圆时看却好,一分分见傍轮生。"

"从来知爱道,何虑白髭生",这结尾两句叙知交情谊,兼含勉励之意。谓我一向知你是爱"道"之人,你能遵循"道",因此我也不用担心你会髭须早白。"从来",向来。"道",包括前面所言涉及的为官之道、做人之道、生活之道等等。爱"道",则人生旷达,生活识趣,忧愁烦恼自然得到化解,衰老便会迟来。"知爱道",此取《文苑英华》;《全唐诗》作"爱知道"。从语义的畅达和平仄考虑①,宜选择"知爱道"。

这是一首五言长律(又称排律)。长律无论多长,除首尾二联,要求中间各联文辞都必须对仗。因此写排律要多出不少在文辞对仗方面的考虑和麻烦。所以写排律以寄赠人,一定是有较多的话要表达,否则八句的常式就够了。周贺写给李明府的这首诗,选择长律,可见出他殷殷之意,替友人考虑得周详,体贴得全面,表现出无比深挚的友情。而从对仗来看,首联即开始属对,各对仗联都工整,内容层进,思致缜密,形式与内容浑融一体。单就这一点,见出对友人的尽心。诗,恰是以情深而感人的。

---

① "从来知爱道",符合该句正常格律"平平平仄仄"。"从来爱知道",格律为"平平仄平仄",是属于拗句,一种特殊句式。虽然也可以,但兼顾语意,还是选择正体为好。

张 祜

张祜(约792—约853),字承吉,郡望清河(今河北邢台清河),生于苏州。早年浪迹江湖。屡举进士不第,复漫游。为人狷介少合,晚年隐居丹阳,终身为处士,陆龟蒙《和过张祜处士丹阳故居诗序》中叙其生平事迹。张祜苦心为诗,颇有盛名。杜牧《登池州九峰楼寄张祜》赞曰:"谁人得似张公子,千首诗轻万户侯。"今存有南宋蜀刻本《张承吉文集》十卷,收诗歌比《全唐诗》所录多出一百多首。

张祜游越,在杭州作诗颇多;游历浙东,次数难以确考,可知的是三年内曾两次来游,其《将之会稽先寄越中知友》自云:"三年此路却回头,认得湖山是旧游。"他游浙东的目的之一,是追寻王羲之、谢灵运之迹,有《越州怀古》道:"行寻王谢迹,望望登绝岭。"他在《游天台山》中说:"回首望四明,矗若城一堵。""回首"一词,表明是经四明山往天台山的。

张祜游余姚龙泉寺,可能与上面所说到的某次浙东之游一致,或与他朋友郑模来余姚做县令时,二人在余姚相会属同一时期。郑模,里贯、生平仕履不详,仅知以大理司直出为余姚县令。张祜有《酬郑模司直见寄》诗云:"故人沧海曲,聊复话平生。喜是狂奴态,羞为老婢声。宦途终日薄,身事长年轻。犹赖书千卷,长随一棹行。"笔者在后文要专门谈说张祜的《酬余姚郑模明府见赠长句四韵》。

题余姚县龙泉寺

四明山一面，台殿倚嵯峨。
中路见江远，上方行石多。
天晴花气漫，地暖鸟音和。
徒漱葛仙井，此生其奈何。

张祜好游名山、名寺，在寺庙中住宿的时候多，留下较多题写寺庙的诗。这首《题余姚县龙泉寺》诗，标题中"寺"字，《文苑英华》《全唐诗》《御定渊鉴类函》等俱作"观"，但《张承吉文集》作"寺"，今依原集。此外还有两个理由：第一，相近时期的诗人方干来游，题诗亦称"龙泉寺"；本诗和方干诗又都用到"上方"一语，以指佛寺或住持僧住所。第二，实际本为寺庙，而非道观。寺在余姚城郭之西的龙泉山上，宋施宿等撰《会稽志·寺院·余姚》云："龙泉寺，在县西二百步。东晋咸康二年建，唐会昌五年废，大中五年重建，咸通二年改今额。龙泉在寺山。"或曾短暂称观，则可能与唐武宗会昌灭佛有关。

这是一首五言律诗。

首联"四明山一面，台殿倚嵯峨"，写龙泉寺的地理位置和壮观之貌。龙泉寺在四明群山北面的龙泉山（又名灵绪山）。"嵯峨"，山高峻貌，此指龙泉山，以形象出之。"台殿倚嵯峨"，既言位置，也写出寺庙的雄伟。张祜来游，应该是在会昌毁佛之前。

颔联"中路见江远，上方行石多"，写登山路上的回首与前望。"中路"，半路。江，此指姚江，在山麓。"上方"，住持僧居住之室，亦借指

唐大龍泉寺碑

昔軒轅之臺表於大荒之野，靈光之殿存乎曲阜之鄉，然皆起滅不停，苦空未有，歷三災而弗毀，彌八劫者，跡尚存乎？況福寺之興，斯觀福田之殿，背嶽岶泉，面宣餘漫，人成毀，四值億劫，良因修於道場，於來勝景，建于勝地，于二式，建寺方等百靈之所立，扶人持以其餘，如因以修。道場，於原形勝建，草棟起，鳳閣金殿，值梁櫸斯泉山影如江與其之良，因以修道場，於原形勝建，草棟建邑於橋樑二道遺百幸方淨，失墳背斯泉，若斯之盛，旦閣堂值金梁憐，斯福寺。

禪伯善宴滌樑板流事者乎佛咸肅淨二康居金剛民王澤有餘靈耋鳩集寶則心靈以立二扶人持以其餘鴻值億劫良因以修永恒亦從遣居餘跡尚武龍泉寺觀況福寺...

石棟來泳云福金部禪善宴滌樑板流事
新地擬金繼供公元二零零九年春月吉旦許枝書
（唐）虞世南撰《唐大龍泉寺碑》張江杰／攝
龍泉寺主持道金 立

佛寺。"石多"，龙泉山是一座石山，龙泉寺上方也是用石头砌成的房屋，方干《再题龙泉寺上方》诗有言："石房三月任花烧。"

颈联"山晴花气漫，地暖鸟音和"，进一步写见闻，比较上一联的写实，此联更具主观感受。天晴——花气漫，地暖——鸟音和，构成因果关系，有诗人的敏感度和探究精神包蕴其间，饱含喜悦之情，意境甚佳。"花气漫"，花的香气弥漫。"和"，和谐、和悦。

尾联"徒漱葛仙井，此生其奈何"，表示自己服膺"龙泉"，感慨此前白白在"葛仙井"漱饮了。葛仙井在越州（今绍兴）宛委山下，相传为葛洪炼丹处。《古今图书集成》卷九八四引《考古》云："葛稚川炼丹于宛委山下，有遗井，大如盆盂，其深尺许，清泉湛然。"据诗意，张祜在来余姚龙泉山之前，应是曾游历过宛委山葛仙井。余姚龙泉寺乃因龙泉山而得名，龙泉山又因龙泉得名，"泉在寺山"，因不枯竭，民间传说其通海，中有龙蟠，故称"龙泉"。张祜本诗尾联分明是拿"龙泉"与"葛仙井"比较，除了对自然物的选择之意非常明确，似乎还含有对佛、道信仰的选择之意。

张祜给予龙泉山的深情赞美，"山晴花气漫，地暖鸟音和"，这不朽的文字，可作今日龙泉山旅游的广告词。

关于以余姚龙泉寺的龙泉传说为兴寄的诗歌，附录王安石《龙泉寺石井二首》。虽然立意不同，而因物兴感，借题发挥，却是诗人通用的方法。其一："山腰石有千年润，海眼泉无一日干。天下苍生待霖雨，不知龙向此中蟠。"其二："人传此井未尝枯，满底苍苔乱发粗。四海旱多霖雨少，此中端有卧龙无？"

酬余姚郑模明府见赠长句四韵

仙令东来值胜游，人间稀遇一扁舟。
万重山色连江徼，十里溪声到县楼。
吏隐不妨彭泽远，公才多谢武城优。
生疏莫笑沧浪叟，白首直竿是直钩。

本诗《全唐诗》失录，见于北京图书馆藏南宋蜀刻本《张承吉文集》，亦见《永乐大典》卷一一〇〇〇"六姥""府"字"明府"条，孙望先生辑录入《全唐诗补逸》。

标题中的"模"字，原集作"摸"，《永乐大典》作"模"，"模"为是。

前面提到张祜的《酬郑模司直见寄》，称郑模"司直"，那是郑模在朝中时的官职。"见寄"二字，表明其时二人并不在一起。《酬余姚郑模明府见赠长句四韵》则不然。"明府"是唐人对县令的称谓，表明郑模已经来任。张祜正值在余姚胜游，郑模热情赠诗，张祜唱酬。

这是一首七言律诗。

首联"仙令东来值胜游，人间稀遇一扁舟"，谓郑模东来余姚为令，我适值在此地胜游，他乡逢友，真是人间的稀遇。"仙令"，对县令的美称。"来"字，既指郑模来余姚任职，也可见出说话人此时身处余姚。"胜游"，快意地游览。"稀遇一扁舟"，是稀遇于一扁舟的意思，谓郑模乘舟（从浙东运河）而来。称仙令、扁舟，自有一种意态之美，溢出其间。

颔联"万重山色连江徼，十里溪声到县楼"，扣此地足可"胜游"之意，描写郑模扁舟入姚江，一路山水相伴，赏心悦目，溪声如奏乐，直送到县楼前。则仙令此来,岂非"仙游"乎!诗歌思致严密,前后照应极为周到。又,诗人若非身至余姚,亲自游览、感受过姚江行舟的山水环境之美,不能写得如此之真切!"江徼",江边。

颈联"吏隐不妨彭泽远,公才多谢武城优",此诗人诚告友人之言,谓余姚这个地方,是一个宜于吏隐的县邑;以你的大才,略施以教化,一定会使之成为非常优秀的弦歌之地、礼乐之邦。"吏隐",指隐于官府。居官而犹如隐居,不以利禄萦心者也。宜于吏隐之处,必定自然和社会环境俱佳,正如白居易《江州司马厅记》所云:"江州左匡庐,右江湖,土高气清,富有佳境……苟有志于吏隐者,舍此官何求焉?"而余姚就有这样的环境。"彭泽",县名,陶渊明曾为彭泽令。此以彭泽比余姚。"不妨彭泽远",意在言外,谓在余姚不会发生使陶渊明那样罢官离去的事情。"公才",指具有"三公"的才能,此为化用典故称赞郑模,《三国志·魏志·崔琰传》:"琰又名之曰:'孙(礼)疏亮亢烈,刚简能断,卢(毓)清警明理,百炼不消,皆公才也。'""多谢",感谢,谓百姓将会感戴你的美政。"武城优",亦化用典故,以喻郑模之甘棠。武城为春秋时鲁国的下邑,孔子的弟子言偃(字子游)曾任武城宰,施行礼乐教化治邑,富有成效,《论语·阳货》载:"(孔)子之武城,闻弦歌之声。夫子莞尔而笑,曰:'割鸡焉用牛刀?'子游对曰:'昔者偃也闻诸夫子曰:君子学道则爱人,小人学道则易使也。'子曰:'二三子!偃之言是也。前言戏之耳。'"

尾联"生疏莫笑沧浪叟,白首直竿是直钩",言余姚民风淳朴,你因为初来可能还不熟悉当地情况,请莫笑水边那些白首渔父,他们可是真心渔隐的人呢。"生疏",不熟悉。"沧浪叟",指渔父。化用《楚辞·渔父》:"渔父莞尔而笑,鼓枻而去。乃歌曰:'沧浪之水清兮,可以濯吾缨;沧浪之水浊兮,可以濯吾足。'""直钩",化用姜太公出仕前在渭滨直钩垂钓、意不在鱼的典故。然张祜在此处非指"直钩"以钓国,而在以"直钩"寄寓闲适情趣。读者须知,余姚可是东汉高士、以渔隐方式却聘的

姚江与古桥（张江杰／摄）

严子陵的故乡，他的渔隐不是在等待时机，而是过一种自由自在的生活，其遗风后世犹存。

　　姚江发源于四明山，是浙东运河的一段，以自然河流为主。这条进出余姚、明州（宁波）的水道，山水环境佳美，张祜这联"万重山色连江徼，十里溪声到县楼"，既是有此实景，也是诗人在审美抉发、提炼之后的艺术呈现。张祜为诗，"搜象颇深"（令狐楚《进张祜诗册表》），他的这一艺术之长，竟也用到了姚江景物的刻画上，留下了如此美丽动人的诗句。李白"两岸猿声啼不住，轻舟已过万重山"，调动了多少人往游长江三峡的兴致；张祜"万重山色连江徼，十里溪声到县楼"，也是开发浙东大运河姚江段旅游的宝贵文化资源啊！

张祜

胡幽贞

> 胡幽贞（生卒年不详），自号无生居士，四明人。唐末张为取《题西施浣纱石》和《归四明》二诗入《诗人主客图》，列为"高古奥逸主"孟云卿之入室者。胡幽贞今存诗歌，仅这两首五言古体绝句，都与浙东有关。《题西施浣纱石》云："一朝入紫宫，万古遗芳尘。至今溪边花，不敢娇青春。"西施浣纱石在今绍兴市柯桥区若耶溪。全诗含有对人生际遇及人间世情现象乃至规则的深刻揭示。诗人具有穿透现象的洞察力，目光冷峻，其意"高古"。

归四明

海色连四明，仙舟去容易。
天籍岂辄问，不是阜朝士。

本诗着墨于归四明后的美好想象，是对家乡的深情赞美。

首二句，谓神仙所居的海上仙境，与我今归去的四明，是相连接的，因此从四明出发，容易到达仙界。"海色"，大海所呈现之诸景象，包括道教所说的仙境。"仙舟"，指登仙界的船。"去"，指离开四明往仙界。后二句谓我归四明后，将往仙界，入仙籍，今后不是他人随便能打听到的，因为已不是人间朝廷之士。"天籍"，犹仙籍，仙人的名籍。"辄问"，擅问,随便问。"卑朝士",此为从仙界高度,称人间朝廷官员的轻视之语。诗歌风味,亦符合"高古奥逸"之评。

本诗如同其他多数写四明的唐诗,从仙道的角度来吟咏,说明四明的仙道文化气息弥漫,其影响何其广泛、深远,根植人心。而促成道教以四明山为第九洞天的原因是多方面的,其中又不乏文学的渲染。

● (明)仇英《仙山楼阁图》

方　干

方干(809—约888),号玄英,睦州桐庐县(今浙江桐庐)人。应进士举不第,隐于会稽镜湖,"萧然山水间,以诗自放"(嘉泰《会稽志》卷十五),布衣终身。倾尽心力为诗,自云"志业不得力,到今犹苦吟。吟成五字句,用破一生心"(《贻钱塘县路明府》)。诗风近贾岛、姚合,"气格清迥,意度闲远"(《四库全书总目提要》)。李群玉、喻凫、吴融、郑谷、崔道融、罗邺、曹松等均与之交游唱酬,李频、孙郃等师其诗。有《玄英集》。

方干以会稽镜湖为据点,放游山水。今存游历宁波的诗歌有8首,是唐代诗人来游者中留诗最多的一位,可见他或逗留时间较长,或来的次数多,履迹较广。奉化人孙郃出其门,其《方元英先生传》(《全唐文》卷八二〇)便说:"予稚齿承方公之知。"又赞云:"先生为诗,高坚峻拔。其秀也,仙蕊于常花;其鸣也,灵鼍于众响。咸通、乾符、广明、中和间为律诗,江之南未有及者。"又《哭方玄英先生》诗云:"牛斗文星落,知是先生死。湖上闻哭声,门前见弹指。官无一寸禄,名传千万里。死著弊衣裳,生谁顾朱紫。我心痛其语,泪落不能已。犹喜韦补阙,扬名荐天子。""湖上",指会稽镜湖。"韦补阙",指韦庄。据《唐摭言》,韦庄上奏,称李贺、方干等人皆有奇才,建议追赠进士及第和补阙、拾遗等官衔,时在唐昭宗光化三年(900)。方干卒时,孙郃在朝任左拾遗。杜荀鹤《哭方干》称赞:"何言寸禄不沾身,身没诗名万古存。"方干以诗而有功于宁波,当今宁波,感念方干、铭记其诗名的最好办法,就是弘扬他吟咏宁波之诗歌的文化和审美价值。

登雪窦僧家

登寺寻盘道，人烟远更微。
石窗秋见海，山霭暮侵衣。
众木随僧老，高泉尽日飞。
谁能厌轩冕，来此便忘机。

本诗标题一作《书窦云禅者壁》，二题其实是比较一致的。窦云，是雪窦寺一位僧人的法号，本诗题写于他的室壁上。《登雪窦僧家》这个标题，概括的是本诗的内容，即登寺路上的所见所感。雪窦寺位于今宁波市奉化区溪口镇西北的雪窦山上，始创于晋代，因建于千丈岩瀑布口，初名瀑布院。唐会昌元年（841）移建今址，后有毁、建，先后有瀑布观音院、雪窦禅寺等称呼。

这是一首五言律诗。首联"登寺寻盘道，人烟远更微"，谓登寺之路艰难，越往山里走，人烟越稀少，道路越细微难寻。"寻"字突出山路的难找。"盘道"，指盘曲的山路。颔联"石窗秋见海，山霭暮侵衣"，谓正值秋高时节，经过石窗，便登顶眺海；日暮时候，山间云雾竟又侵湿了人的衣服。（按，方干这次来寻雪窦寺，应是从会稽方向而来，进入四明山的，他实际上穿越了四明群山的很长一段腹地。）"石窗"，即四窗岩，在今余姚市大岚镇华山村大俞山顶，参见前面刘长卿《游四窗》的解说。颈联"众木随僧老，高泉尽日飞"，写到达寺前所见之环境。树木众多，树龄很长，瀑泉高悬，长流不断。"随僧老"，意谓众木陪伴僧人度年岁。"高泉"，指千丈岩瀑布。眼见如此清幽美好的山水环境，顺势发出尾联"谁能厌轩

● 千丈岩瀑泉

冕,来此便忘机"的感叹,谓无论是谁,厌烦了轩车冕服,来到这里,便会忘却机巧之心。"厌",嫌弃、厌烦。"轩冕",古代大夫以上官员的车乘和冕服,此指官位爵禄。"忘机",忘却机巧,指甘于淡泊,与世无争。

本诗写登寻雪窦僧家,一路观景,展示雪窦寺的大环境;记叙、描写、议论结合,虽登寻艰难,旨归赞美;观景感悟,又可谓参得禅意了。

游雪窦寺

绝顶空王宅,香风满薜萝。
地高春色晚,天近日光多。
流水随寒玉,遥峰拥翠波。
前山有丹凤,云外一声过。

本诗《玄英集》和《全唐诗》均未收。见于黄宗羲《四明山志》卷七《诗括》、康熙《雪窦寺志》卷九下、《古今图书集成·山川典》卷一一〇、雍正十一年刊曹秉仁修《宁波府志》卷三五、清陈之纲《四明古迹》卷二,陈尚君辑录入《全唐诗续拾》卷三十三。

这是一首五言律诗,写游寺所见。首联"绝顶空王宅,香风满薜萝",谓佛寺建在雪窦山的最高峰,春风吹拂,随处可见薜荔和女萝。"空王",是对佛的尊称,因佛认为世界一切皆空,故称"空王"。"空王宅",指佛寺。"香风",带有香气的风,此指春风。"薜萝",薜荔和女萝,皆野生植物,常攀缘于山野林木或屋壁,古人常以之描写高人逸士的住所环境。

颔联"地高春色晚,天近日光多",谓由于地势(海拔)高,因此春色结束得迟；因为距离天近，所以受到阳光照耀就多。"晚"，迟，与"多"相对。

颈联"流水随寒玉，遥峰拥翠波"，谓近处的流水，随溪谷如寒玉蜿蜒；远方的高峰，被翠浪般的山峦簇拥。"寒玉"，本称清凉的玉石，此处比喻清冷纯洁的水流。如唐李群玉《引水行》："一条寒玉走秋泉。""翠波"，翠色的波浪，此指起伏的翠色山峦。

尾联"前山有丹凤，云外一声过"，谓雪窦山对面的丹小山常有丹凤翔集，此时，诗人仿佛听见了云外传来一声凤鸣，那就是它从头上飞过。此以写景收束全诗，景为想象得之，颇有意趣。"前山"，指丹小山，在雪窦山千丈岩的对面，参见黄宗羲《四明山志》卷五"四明洞天"图。方干因丹山而联想其有丹凤。"丹凤"，称羽毛为红色的凤鸟。凤本不存在，是属于人们传说中的神鸟。传说它的鸣叫声是最动听的。《荀子·解蔽》引《逸诗》云："凤凰秋秋，其翼若干，其声若箫。"

● 雪窦寺

本诗写雪窦寺之游观，采用景物烘托法，突出雪窦寺处于四明山水灵境之中，则对该寺之赞美，溢于言外。以闻云外凤鸣之声结尾，虽为虚构，却将读者引入一种空灵之境，余音袅袅。

黄宗羲在《四明山志·诗括》中录入此诗后，结合方干生平，戏为一绝云："元英诗句不销磨，十举终难占一科。死后奏名何足慰，不如雪窦荐禅和。""禅和"，禅和子，谓参禅之人。诗谓方干生前十举进士不第，死后虽有韦庄仗义上奏朝廷追赠其进士及第和官衔，但已无意义了，因为他早已在游雪窦寺时参禅明悟，得到解脱。结合方干写雪窦寺的这三首诗看，其诸般景物的"自在"，与僧人的交流，以及"谁能厌轩冕，来此便忘机"之慨，皆得证悟。黄宗羲此诗虽为戏作，却甚中肯。

题雪窦禅师壁

飞泉溅禅石，瓶注亦生苔。
海上山不浅，天边人自来。
长年随桧柏，独夜任风雷。
猎者闻疏磬，知师入定回。

这是一首五言律诗。题目一作《赠雪窦峰禅师》。

这里的"雪窦禅师"指谁呢？唐代雪窦禅寺以及前称瀑布观音院，有多少位禅师？据现存佛教史料《宋高僧传》《景德传灯录》《雪窦寺志》等，今仅知一位禅师之名，即恒通（又称"常通"）禅师。《宋高僧传》卷十二《唐明州雪窦院恒通传》云："释恒通，俗姓李，邢州平恩人也。……中和末文德初，群寇竞起，通领徒至四明。大顺二年，郡牧黄君晟请留居雪窦焉，蔚然盛化。天祐二年七月示疾……合掌而逝。"方干约去世于888年，看来方干诗中之雪窦禅师不是恒通，另有其人。

首联"飞泉溅禅石，瓶注亦生苔"，写禅师参禅打坐时的身边事物。诗人不直接写人，而是通过写景物，来表现禅师入定的状态和时间的长久。飞泉溅在禅师打坐的禅石上，他浑然不觉；注入瓶中的水，已生出了青苔。（按，僧人入定，通常取趺坐式，闭目静坐，不起杂念，使心定于一处。本诗中，雪窦禅师打坐处，应是在室外，雪窦泉边。）"禅石"，指禅师打坐的一处磐石。"瓶"，指净瓶，又称净水瓶，僧人所常备，唐刘长卿《送灵澈上人归嵩阳兰若》诗："唯将旧瓶钵，却寄白云中。"瓶以盛水，钵以盛饭。宋释道诚《释氏要览》卷中云："净瓶，梵语军迟，此云瓶，常贮水，随身用以净手。"

颔联"海上山不浅，天边人自来"，诗人承接首联有感于雪窦禅师参禅入定境界，不禁突然转发为议论，谓这矗立于海边的雪窦山，得佛教择地为丛林，禅师栖神入定至这般境界，这山也是无比崇高的了，纵然在天边，人们也会向往、仰慕而来。雪窦山成为佛教名山，方干此联已见端倪。

颔联因议论而中断了对禅师安禅状态的描写，颈联"长年随桧柏，独夜任风雷"便上接首联，继续往下写，谓禅师长年行禅在桧柏之下，任随树荫的深浅；独自静坐在夜晚里，不管风雨雷鸣。"桧柏"，桧和柏。"随桧柏"，其意参见方干本人《赠诗僧怀静》诗"坐夏莓苔合，行禅桧柏深"，立意相近。

尾联"猎者闻疏磬，知师入定回"，写雪窦禅师入定结束，恢复了诵经击磬的常态活动。诗人借长期生活在山中的猎人的经验判断写出，显示这已是禅师的规律。"磬"，一种玉或石头制作的打击乐器，在寺庙里，为僧人所用的法器之一。稀疏的磬声在静谧的山林中传响，意境清妙、空灵。方干深谙其意象意蕴[1]，与前一首诗歌以声音结尾的手法异曲同工，有余音袅袅的效果。

山不在巍峨，寺不在辉煌，"人"才是一座山、一座寺庙的高度和灵魂。全诗赞美"高僧"雪窦禅师安禅的至高境界，则雪窦山与寺的地位自是崇高的了，"海上山不浅，天边人自来"，诚可信也。

● 雪窦寺旧照

---

[1] 唐人采磬以入诗颇常见，如常建《题破山寺后禅院》："万籁此俱寂，但余钟磬音。"许浑《题岫上人院》："高窗云外树，疏磬雨中山。"温庭筠《宿云际寺》："高阁清香生静境，夜堂疏磬发禅心。"刘沧《秋日山寺怀友人》："萧寺楼台对夕阴，淡烟疏磬散空林。"

游岳林寺

投闲犹自喜，古刹剡东寻。
祇树随僧老，龙溪绕岸深。
楼高春色晚，天近日光阴。
共笑家声旧，何时解盍簪。

本诗见清戴明琮纂辑、康熙二十六年刻《明州岳林寺志》卷五，又见清张美翊纂、光绪三十四年刊《奉化县志》卷十四。陈尚君辑录入《全唐诗续拾》卷三十三。

岳林寺，在奉化旧县城东北五里，南朝梁大同二年（536）创于龙溪之西，名崇福院，唐大和（827—835）末李绅为浙东观察使时，书额。会昌（841—846）灭佛中遭毁。大中二年（848）闲旷禅师徙建龙溪之东，改名岳林寺。唐末五代为布袋和尚化现之处。对比《游雪窦寺》，方干来游岳林寺，从二诗的旅行方向、时节、相似词句来看，应是同一次出行之作。

这是一首五言律诗。首联"投闲犹自喜，古刹剡东寻"，自谓因置身于清闲境地而甚感快乐，所以为寻觅古刹，前往剡溪之东，来到了岳林寺。"古刹"，方干游雪窦寺、岳林寺，这些寺庙大都是会昌毁寺后又重建的。而"古刹"云云，是就创寺之早来称的。"剡"，指剡溪。四明山为分水岭，山之东西两面各有一条剡溪。山西之剡溪，主要在绍兴市嵊州境内，为曹娥江的上游；山东之剡溪，为奉化江上游，在宁波市奉化区境内。方干本诗之"剡"，即指奉化之剡溪。从四明山雪窦寺往寻岳林寺，必经过剡溪而东行。

中二联写游寺所见。"祇树随僧老，龙溪绕岸深"，谓岳林寺创寺古老,又有龙溪之水绕岸而流,与诗人寻找"古刹"以赏观其清幽环境的追求相吻合。"祇树",祇树林,此为化用佛教典故。祇树林本为古印度憍萨罗国舍卫城祇陀太子的园林,相传释迦牟尼成佛后,孤独长者为请释迦说法,购买该园林,祇陀太子也奉献了园内的树木,二人同心建成祇洹精舍。我国诗文中常见化用"祇树"一词以写寺园,如李颀《题璇公山池》:"远公遁迹庐山岑,开士幽居祇树林。"杜甫《赠蜀僧闾丘师兄》:"我住锦官城,兄居祇树园。"

"楼高春色晚,天近日光阴",与《游雪窦寺》"地高春色晚,天近日光多"词句近似,但因语境、对偶搭配有差异,所以意思大有不同。此谓楼高宜眺春色,盘桓至日暮;渐觉天低,光线暗淡下来。

尾联"共笑家声旧,何时解盍簪"甚有意趣,化用东晋庐山东林寺高僧慧远"每送客游履,常以虎溪为界"(《高僧传》)典故。慧远虎溪送别故事,唐已广泛传播,唐诗中化用如孟浩然《疾愈过龙泉寺精舍呈易业二公》:"日暮辞远公,虎溪相送出。"李白《别东林寺僧》:"笑别庐山远,何烦过虎溪。"方干本诗谓我离去时,岳林寺僧人相送话别,不觉已过龙溪(典故为虎溪),最后双方希望能有机会再相会。

据李白诗"笑别"句及方干本诗"共笑"句,"虎溪三笑"故事在唐代已流传。学界认为"虎溪三笑"是好事者为之,有人说,出自无名氏《莲社高贤传》、北宋陈舜俞(?—1075)《庐山记》。今笔者看来,"虎溪三笑"固然不真实,乃因其人物生平时间不相吻合,"虎辄号鸣"亦虚妄,等等,但陈舜俞是根据他之前即唐五代以来一直存在的传说所载,《庐山记》卷二云:"流泉匝寺下,入虎溪。昔远师送客过此,虎辄号鸣,故名焉。时陶元亮居栗里山南,陆修静亦有道之士,远师尝送此二人,与语道合,不觉过之,因相与大笑。今世传《三笑图》,盖起于此。"五代西蜀画家石恪作有《三笑图》,后来苏轼有题《石恪三笑图赞》。北宋以后以其作为绘画题材的画作很多。

"家声",家族世传的声名美誉;"家声旧",此把岳林寺僧比作慧远一族而言,"声"即慧远"虎溪送客"的名声。这个比喻十分巧妙。"解",能够。"盍簪",指士人聚会,语出《易·豫》:"勿疑,朋盍簪。"王弼注:"盍,合也;簪,疾也。"孔颖达疏:"群朋合聚而疾来也。"

本诗写游岳林寺的经历、见闻,兴致甚高,情怀充溢;真切描绘了岳林寺"古刹"的清幽环境,于今读之,令人想见其面貌。

最后,附光绪《奉化县志》卷十四所载名为北宋梅尧臣的《秋半寻岳林寺》诗,其写景、构思颇仿方干之作,诗曰:"杖履信天涯,寻幽遍落花。殿高秋气爽,林静夕阳斜。对茗情偏洽,谈玄兴转赊。远公相识好,三笑过金沙。"①

贻亮上人

秋水一泓常见底,涧松千尺不生枝。
空门学佛知多少,净尽心花只有师。

亮上人,即释宗亮(819—898)。宗亮生平事迹,以及方干这首赠诗,见宋赞宁《宋高僧传》卷二十七《唐明州国宁寺宗亮传》,其介绍比较详细,且因后文解说宗亮本人诗歌的需要,现将传文全录于此:

> 释宗亮,姓冯氏,奉化人也。家傍月山而居,后称月僧焉。亮开成中剃落纳法,方事毗尼,循于四仪,且无遗行。而云我生不辰,属会昌之难,便隐家山深岩洞穴。大中再造,国宁寺

---

① 按,此诗梅尧臣文集无。从模仿痕迹看,疑伪托。

征选清高者隶名,亮预住持。建州太守李频为寺碑云:"于清心行不污者,得二十八人,以补其员,广住持也。律僧宗亮、禅僧全祐而已。"国宁经藏,载加缮写,躬求正本,选纸墨,鸠聚儌施,建造三门藏院诸功德廊宇,皆亮之力焉。晚年专事禅寂,不出寺门。处士方干赠诗云:"秋水一泓……(略)"终于本寺,春秋八十。亮恒与沙门贯霜、栖悟、不吟数十人,皆秉执清奇,好迭为文会,结林下之交。撰《岳林寺碑》《诗集》三百许首,赞颂并行于代。而于福敬二田,锐心弥厚焉。亮为江东生罗隐追慕,乐安孙郃最加肯重,著《四明郡才名志》,序诸儒骏士外,独云:"释宗亮多为文士先达仿仰焉。"

方干这首《贻亮上人》诗,从所涉宗亮的修行境界、声誉成就看,应是在宗亮主持国宁寺时期作。"贻",赠送。"上人",是对德、行俱高的和尚的尊称,《释氏要览·称谓》引古师云:"内有德智,外有胜行,在人之上,名上人。"宗亮活动范围是在明州境内,晚年更是"专事禅寂,不出寺门",因此,方干本诗大致可以断定为游国宁寺时写赠。国宁寺,创于大中五年(851),民国初年改名天宁寺,今已毁,仅存唐咸通(860—874)年间所建的一座砖塔(称"咸通塔",又名"天宁寺塔"),位于今宁波市海曙区鼓楼西、中山西路北侧。

这是一首七言绝句。前两句"秋水一泓常见底,涧松千尺不生枝",文辞对仗,上下联分别用一事物比喻亮上人,谓其像一泓秋水般宁静,清澈见底,像山涧千尺古松挺立,不蔓不枝。此正符合亮上人主持国宁寺时征选"清高者"的标准,亦即李频"清心""行不污"之评,而主持者比任何人都做得更好。后两句"空门学佛知多少,净尽心花只有师",为诗人根据自己在那个特殊时期的所见所闻,尤其是僧人经历会昌毁佛事件,大都不能坚守初心的现实,而发议论,谓学佛的人很多,可是能保持

● 咸通塔

清净之心、成就正觉的,只有您亮上人啦。"空门",指佛寺。在《玄英集》和《全唐诗》中,"空门"作"人间"。"净尽",指除尽一切恶念、烦恼。"心花",喻慧心,即空明而能达观真理的心体。《圆觉经》云:"若善男子,于彼善友,不起恶念,即能究竟成就正觉,心花发明,照十方刹。"《广弘明集》卷十九载南朝梁简文帝《又请御讲启》:"心花成树,共转六尘。"

本诗赞美亮上人的禅寂境界,读者若结合贯休《怀四明亮公》诗对读,当更有所获。其诗云:"孤峰含紫烟,师住此安禅。不下便不下,如斯太可怜。坐侵天井黑,吟久海霞蔫。岂觉尘埃里,干戈已十年。"

题龙泉寺绝顶

未明先见海底日,良久远鸡方报晨。
古树含风常带雨,寒岩四月始知春。
中天气爽星河近,下界时丰雷雨均。
前后登临思无尽,年年改换往来人。

宋人周弼编、清人高士奇辑注《三体唐诗》,本诗题下注:"在余姚。"余姚县龙泉寺,在城郭西之龙泉山,详见前文张祜《题余姚县龙泉寺》解说。"绝顶",最高处。

这是一首七言律诗。首句平仄出格,颔联"四月""含风"文辞欠对,但《三体唐诗》未以为不足,而作为"三体"(绝句、七言律诗、五言律诗)之一选入。本诗不同版本文字有个别差异,今依《玄英集》。

首联"未明先见海底日,良久远鸡方报晨",写凌晨在龙泉寺最高处观景,谓天空还未明亮,最先见到的是从东方海底渐渐升起的太阳,很久之后,才听到远方传来雄鸡报晓的鸣叫声。首两句包含了时间变化、空间距离、光色明暗、视听感知等,读之使人如身临其境。"未明"的具体时间,诗人在《再题龙泉寺上方》中道出:"海岸四更看日出。"明人谢迁《登龙泉绝顶》诗有"地近东溟先见日"之言,可与"未明先见海底日"相印证。

中二联,《三体唐诗》卷三将其作为唐人律诗家法"四实"的范例,所谓"四实",即律诗颔联和颈联皆写实在景物。"古树含风常带雨,寒岩四月始知春",谓龙泉寺古树浓茂,风生叶动,常有雨滴飘落下来;寒岩清凉,到四月才能见到春的景象。这恰是古寺幽静环境的写照。"中天气爽星河近,下界时丰雷雨均",谓龙泉寺位置高,处于中天,空气清爽,星河可以近观;俯察下界,喜见人间收成好,雷雨匀调。从诗人思

● 余姚龙泉寺(张江杰/摄)

致上来说，也扣住了寺名"龙泉"之意——龙能行雨，雷雨均衡，风调雨顺，则年丰岁稔。这种诗人思致，可验之于宋代王安石《龙泉寺石井二首》"天下苍生待霖雨，不知龙向此中蟠""四海旱多霖雨少，此中端有卧龙无"，责问"此中"之"龙"已久不见出来为苍生行雨，"龙"到底是有，还是无？

"中天"一联大气，脍炙人口。五代时，人们取其意，在该山之南的半山腰建成中天阁，为一山之名胜；至明代，中天阁曾是王阳明讲学之处，亦称"阳明书院"，今为梨洲（黄宗羲）文献馆。

尾联发感慨，"前后登临思无尽，年年改换往来人"，谓龙泉寺风光无限，自己前后两次来登临，都有无尽之思；这里也年年都在变换着往来的人，不变的是龙泉寺的光景。"前后"之"后"，指本次，可知作者已不是第一次来此登临。

"思"字是全诗的关键。"思"得于兴感，引起兴感的，是诗中所写之景，景中已蕴含"思"意；而最后总以一"思"字提挈、绾结。游寺之作，往往讲究一个"悟"，"悟"是从"观"到"思"所"参"得的，所以对这类作品，读者莫停留在文字的浅表之意上，可以深求之。得之，则生一种"禅悦"之喜。

再题龙泉寺上方

牛斗正齐群木末，鸟行横截众山腰。
路盘砌下兼穿竹，井在岩头亦统潮。
海岸四更看日出，石房三月任花烧。
未能割得繁华去，难向此中甘寂寥。

方干

本诗题目谓"再题",相对于前一首而言。与上诗不是同一次登临之作,因为前一首诗中明确说是"四月",而本诗中明确说是"三月"。应是后来某年又一次来游,登临再题。这样算来,方干至少三次游龙泉寺,在"绝顶"处同一个地方题诗两次。"上方",指寺院最高处,即上诗之"绝顶"。

这是一首七言律诗。首联以极度夸张之笔,写龙泉寺上方之高,谓牛、斗二宿正好与龙泉寺树林的梢头齐高;鸟儿飞在空中,也只是横截于龙泉山的半腰。"斗牛",吴越的分野,唐赵蕤《长短经》卷六:"吴越之分,上应斗牛之宿。""齐",齐平,指高低一样。"末",树梢。(按,龙泉山实际海拔不过200米。诗人可谓神思飞扬。)

颔联"路盘砌下兼穿竹,井在岩头亦统潮"写景,谓山路盘曲于台阶下,蜿蜒穿入竹林中;龙井在岩边,连通着海潮。"统",犹"通"。龙泉不干涸,民间传说其通海,因称"海眼"。王安石写此井的诗,便有"海眼泉无一日干"之语。

颈联"海岸四更看日出,石房三月任花烧",谓四更天即登上方,观看日出;当太阳升起的时候,红光照耀在石房周围的繁花上,繁花红艳得如同燃烧的火焰一般。"海岸",此指屹立于海岸的龙泉寺绝顶。"石房",指寺庙的石砌房屋,因龙泉山多石,就地取材而建成,因称"石房"。"三月",花开正盛的时节。"花烧",指花红得似火在燃烧。盛唐王维就形容过桃花"红欲燃"(《辋川别业》)。龙泉寺种花,且花多,张祜《题余姚县龙泉寺》便有"天晴花气漫"的描绘。在唐代,有禅寺僧人以种花为一种修行、参悟、供佛的"佛事"活动。王维《荐福寺光师房花药诗序》中有一段话,对今人理解寺庙花草之美的意义,具有非常重要的价值,兹录于下:

> 上人顺阴阳之动,与劳侣而作。在双树之道场,以众花

为佛事。天上海外，异卉奇药，《齐谐》未识，伯益未知者，地始载于兹，人始闻于我。琼蕤滋蔓，侵回阶而欲上；宝庭尽芜，当露井而不合。群艳耀日，众香同风。开敷次第，连九冬之月；种类若干，多四天所雨。至用杨枝，已开贝叶，高阁闻钟，升堂觐佛，右绕七匝，却坐一面，则流芳忽起，杂英乱飞。焚香不俟于旃檀，散花奚取于优钵？漆园傲吏，著书以稊稗为言；莲座大仙，说法开《药草》之品。道无不在，物何足忘？

读者由此幡然明白，何以龙泉寺要栽种培植花草。游人当然不问过程，只赏花之美，僧人则自有寄意。还有意思的是，王维接着说："故歌之咏之者，吾愈见其嘿也。"谓作诗来歌咏鲜花的人，我愈见出他对于道的默悟。读者进而又可明白，何以张祜、方干游龙泉寺，见其"花气漫""花烧"，都歌咏之。诗人对于"以花为佛事"的理解和对道的默悟，读者当同与领会。

尾联"未能割得繁华去，难向此中甘寂寥"为议论、感叹，意谓龙泉寺乃清静禅寂之地，如果舍不得世俗生活的繁华，就难以甘心在此清守寂寥的日子。言外之意，此中僧人，自有空寂闲静的高人境界。

本诗从一开始便夸张上方之高，有赞颂僧人境界之高的用意，尾联与之相呼应。中二联写景寓"道"，全诗浑融一体。

方干的八首宁波旅游诗，以上七首都是游寺之作。追寻原因，除了他个人的情结、好尚，若结合唐人咏宁波的诗歌整体情况来考察，可以得出，游寺是唐人游宁波最为重要的动机和目的之一。换句话说，唐代佛教大发展，宁波是重镇。从唐代至于今日，佛寺都是宁波重要的旅游文化资源。加之神仙道教文化的积淀，宗教之游是宁波旅游的重头戏。

题慈溪张丞壁

因君贰邑蓝溪上,遣我维舟红叶时。
共向乡中非半面,俱惊鬓里有新丝。
伫看廉洁成三考,应笑愚疏舍一枝。
貌似故人心尚喜,相逢况是旧相知。

"慈溪",县名。唐开元二十六年(738)始置,隶属明州。县治在今宁波市江北区慈城镇。"张丞",一位姓张的县丞,方干的友人,其生平事迹不详。"丞",佐官名。县丞,指县令的佐贰,略相当于今县长助理,或副县长。

这是一首七言律诗。"因君贰邑蓝溪上,遣我维舟红叶时",首联即用对仗,叙事中包含景物形象,诗意氤氲。意谓因为您在蓝溪之岸为县丞,所以让我在红叶夺目的时节来此系舟。"贰邑",即任县丞。"蓝溪",慈溪的别名,又名"大隐溪"。相传东汉孝子董黯曾汲此水奉养慈母,故名"慈溪",县亦因之得名。"遣",使,让。"维舟",系船,指乘船来慈溪县城张丞处停留。"红叶时",指秋时节。诗人用词,大有讲究。表达同一事物的词语,必选其最为适合本诗之语境者。如蓝溪、慈溪、大隐溪,均指同一条溪水,若诗言慈孝,当用"慈溪";诗言隐逸,当用"大隐溪";诗言景物之美,则以"蓝溪"为妙。何也?蓝溪者,溪水之色碧蓝也。本诗写自己应张丞之邀,乘舟来游,时在秋季,秋水碧蓝,与红叶映衬,所以搭配十分完美。同理,不用"秋时节"这个单纯表示秋季概念的词语,而用"红叶时",以形象出之,便诗味浓郁。诗家三昧,读者不可不有所知之,方得其妙味。

后面三联,便是写舣舟上岸后的友情交流。颔联"共向乡中非半面,俱惊鬓里有新丝",意谓我们早年就是同乡好友,太熟悉对方了,不料今日一见面,都惊于双方鬓添白丝了。"半面",语出范晔《后汉书·应奉传》李贤注所引三国吴谢承《后汉书》,原典谓仅见到半张脸,后用指初次相识,或相识不深。"半面"一词用得极精当,因为"面"与"鬓"相扣,都在头部,极为显著易见。颈联"伫看廉洁成三考,应笑愚疏舍一枝",上句言张丞,称赞之;下句言自己,自嘲之。意谓您为官清廉,我期待它必成就您三年的考绩;应笑我愚笨迂阔,仅得一枝栖身而已。"伫",期待。"三考",唐代官吏的考绩制度。官吏一任为三年,有司对其每年业绩进行考核,根据三年的考核情况,决定其升降赏罚。"舍一枝",典出《庄子·逍遥游》:"鹪鹩巢于深林,不过一枝。"尾联"貌似故人心尚喜,相逢况是旧相知",意谓故人见面都会充满喜悦之情,何况我们是老朋友、旧知己呢!

  本诗情深谊厚,用词考究,思致缜密。"苦吟"诗人,为诗"用破一生心",句斟字酌,而无率尔之作。通观方干在宁波所作的八首诗歌,五律、七律、绝句,皆可圈可点。

● 慈溪县衙

李 频

> 李频（？—876），睦州寿昌（今杭州建德）人，自幼聪颖能文，追随方干、姚合学诗。姚合赏识并以女妻之。大中八年（854）进士及第。曾于多地为官，颇有政声。擢为侍御史，累迁都官员外郎。后自求为建州刺史，治乱安民，劳卒于任上。建州百姓为之立庙于梨山，岁时祭享。有《建州刺史集》。《全唐诗》编其诗为三卷，今存200余首。其游宁波之作，今存诗2首，应是作于进士及第之前。

游四明山刘樊二真人祠题山下孙氏居

久在仙坛下，全家是地仙。
池塘来乳洞，禾黍接芝田。
起看青山足，还倾白酒眠。
不知尘世事，双鬓逐流年。

"刘樊二真人祠"，据黄宗羲《四明山志》卷一"大兰山"条，东汉上虞县令刘纲与妻樊夫人（名云翘）弃官学道，师事道人白公，道成而飞举于此山，故又名"飞仙山"。山顶广平，有樊榭，为樊夫人所立。升仙之后，后人即其地建祠宇以祀之。又据"白水山"条，白公有仙术，隐居在该山潺湲洞侧。初，刘、樊从之学道，遂居于此，后飞举于大兰山，乃建观于飞举之地。唐天宝三载(744)，遣使祷祠，苦于大兰山险远，敕道士移祠、观于潺湲洞外，从刘、樊之故居。因此，刘、樊二真人祠，原本在大兰山，唐天宝后，移建于白水山潺湲洞侧。那么，晚唐李频来游之刘、樊二真人祠，结合时代与诗意看，应是在白水山潺湲洞侧，距今余姚市梁弄镇南约4公里。"真人"，指修道成仙之人。"孙氏"，不详，据李频本诗之意，是一户孙姓的隐逸人家。（按，四明山自晋代衣冠南渡以后，成为著名的隐逸名山，历代不断有进入者。山中以某一姓氏聚居的村落绵延至今，而考其远世，多自北来。）

李频长于律绝。这是一首五言律诗。

首联"久在仙坛下，全家是地仙"，总括孙家的环境和闲适。谓长期居住在仙坛的下方，孙氏全家生活闲适安逸。"仙坛"，此指刘、樊二真人祠。"地仙"，本指住在人间的仙人，此处比喻闲散自在之人。同此用法如唐李涉《秋日过员太祝林园》："望水寻山二里余，竹林斜到地仙居。"

中二联具体描写。颔联"池塘来乳洞，禾黍接芝田"，扣仙意环境，谓孙家的池塘来源于潺湲洞流出的水，孙家的禾黍与神仙的芝田相接。"乳洞"，指潺湲洞，中有乳石如雪，又名"白水宫"，白公曾隐于此，刘、樊曾在此学道。黄宗羲《潺湲洞》云："闻说潺湲洞，当年隐白君。……中积千年雪，平分万壑云。"明人金韵古《潺湲洞》云："洞中趺坐好，冰雪作饘飦。""芝田"，神仙种植灵芝的田地。颈联"起看青山足，还倾白酒眠"，扣闲适生活，谓起床即喜青山入目，悠然满足；还家则乐白酒倾杯，陶然入眠。

尾联"不知尘世事，双鬓逐流年"，谓孙氏一家不知山外的红尘世事，他们自在地在山中度着自己的岁月。此"不知"是真不知，也是不想知，古朴，纯真。

这种自在、自足的生活，就是"地仙"了。四明山的仙道历史和现实

●（元）王蒙《溪山高逸图》（局部）

环境，给人们提供了这样的文化氛围和物质生活条件，孙家是一个典型。诗人身处唐末动乱的社会，孙家这样的环境和闲适生活尤其令他羡慕。于是他用自己最擅长的五言律体，流畅、浅近的语言，为我们摹写、留下了一千多年前生活在四明山中的一户人家的诗意栖居图景。章法谨严，意无枝蔓，一气呵成，情韵俱胜。"起看青山足，还倾白酒眠"，语至淡而味至醇，尤其令人神往。

明州江亭夜别段秀才

离亭向水开，时候复蒸梅。
霹雳灯烛灭，蒹葭风雨来。
京关虽共语，海峤不同回。
莫为莼鲈美，天涯滞尔才。

这也是一首五言律诗。"明州江亭"，具体位置不详，似应在明州府城江边。李频游明州的时候，府城早已迁至三江口。"段秀才"，不详。唐代称应举者、将应举者为秀才。据本诗意，李频与之在京城有交谊；同游或相遇于明州，今在明州江亭告别。

首联"离亭向水开，时候复蒸梅"，叙述告别地点、时节。谓二人分手处的离亭面向江面敞开，此时正是江南潮湿闷热的梅雨天气。诗人将离别的愁绪寓含其间。"离亭"，分手告别处的亭，此指明州江亭。"蒸梅"，湿热的梅雨天气。

颔联"霹雳灯烛灭，蒹葭风雨来"，写天气骤变，也扣标题"夜别"，谓忽然雷声炸响，亭中的灯烛一下都熄灭了，只见江边的蒹葭在突如其来的风雨中猛烈摇晃。这里有一个常识，读者须知，即唐人风俗，送别时间大都是在傍晚。但因为酒宴饯行或情谊难舍、久久话别等原因，时间拖延至晚上，"夜别"也是有的。这首诗为"夜别"，除了可能存在以上因素，还有一个与明州乘船江行相关的特殊原因，就是得"候潮汐"，即等待海水潮汐上涨。所谓朝潮夕汐，每日白天、晚上各有一次机会趁潮汐而行。所以傍晚送别，只能等待晚上的"汐"起了。看来，诗人的"别路"不太顺利。可是，接下来的诗行，却并不再说起，只言二人情谊和对段秀才的殷殷叮嘱与鼓励。所以，诗人的心只在朋友这边，而全然无己。

颈联"京关虽共语，海峤不同回"，谓我们虽然当初出京门时有约，今却在海滨之地分手，没有一同回去。（按，据李频今存诗歌，他曾科举失意而长期滞留于长安。再据本诗尾联意，二人当有再应进士试的心愿和交流。）"京关"，京门，指长安城门。"海峤"，滨海的山岭，此指明州。

尾联"莫为莼鲈美，天涯滞尔才"，叮嘱、鼓励段秀才努力科举仕进，不要耽于莼羹鲈脍的美味，而在天涯之地废置了才华。"莼鲈"，莼菜羹和鲈鱼脍。此化用典故，《世说新语·识鉴》云："张季鹰辟齐王东曹掾，在洛，见秋风起，因思吴中菰菜羹、鲈鱼脍，曰：'人生贵得适意尔，何能羁宦数千里以要名爵！'遂命驾便归。""天涯"，此指出产莼菜和鲈鱼的江南，也包括明州，相对于士人显露才华的都城长安，作者着意说它是"天涯"，以劝勉段秀才。这个结尾依稀透露出诗人的精气神，结合李频生平和作为来看，他终能进士及第，为官颇有能力和政绩，深受百姓爱戴，是晚唐诗人中一个颇具进取之心的人。

本诗为留别之作，作为自己一方，不免有离愁和伤感；但以关怀对方为指归，勉励其出来展露才华，积极用世，其情甚殷，深挚感人。

宗 亮

> 释宗亮(819—898),见前文解说方干《贻亮上人》诗的"亮上人"介绍。宗亮爱好诗歌,贯休《怀四明亮公》赞其"吟久海霞蔫",可见其倾心力为之。曾集诗300余首传世。今仅散见4首,都是咏宁波的。

它山歌

它山堰,堰在四明之鄞县。
一条水出四明山,昼夜长流如白练。
连接大江通海水,咸潮直到深潭里。
淡水虽多无计停,半邑人民田种费。
太和中有王侯令,清优为官立民政。
昨因祈祷入山行,识得水源知利病。
棹舟直到溪岩畔,极目江山波涛漫。
略呼父老问来由,便设机谋造其堰。
叠石横铺两山嘴,截断咸潮积溪水。
灌溉民田万顷余,此谓齐天功不毁。
民间日用自不知,年年丰稔因阿谁?
山边却立它神庙,不为长官兴一祠。
本是长官治此水,却将饮食祭闲鬼。
时人若解感此恩,年年祭拜王元㬢。

《它山歌》和下面一首《它山堰》，均见于宋人魏岘《四明它山水利备览》卷下、清初李邺嗣编《甬上高僧诗》卷上。张靖龙《唐五代佚诗辑考》[1]、张如安《唐释宗亮诗辑存》[2]录之，陈尚君收入《全唐诗续拾》卷三十二。

"它山"，山名，此用为堰名。是奉化江支流鄞江上一座御咸蓄淡、引水灌溉的石堰，在今宁波市海曙区鄞江镇它山之侧，唐大和（"大和"或作"太和"）七年（833）鄮县令王元暐筑。

---

[1] 见《温州师专学报（社会科学版）》1985年第2期。
[2] 见《宁波师院学报（社会科学版）》1986年第1期。

● 它山堰(黄文杰／摄)

  宗亮作了这两首诗来歌咏它山堰,一首是歌行体,一首是绝句(七言律绝)。二诗之关系,魏岘《四明它山水利备览》卷下《它山歌诗跋》说得好:"歌以言其诗之未尽,诗以言其歌之所不欲文。不观其诗,无以见亮公之绝唱;不观其歌,无以见王侯之始谋。"大意是说,长歌能够淋漓尽致地表达绝句因短小所致的未尽之意,绝句可以做到歌行体语言(多用口语)难以做到的文雅。这一歌一绝,正好互补。如果不读这首绝句,不能见出亮公凝练高超的诗艺绝唱;如果不读这首长歌,则不能见出王侯细致谋划的工程功绩。"始谋",谋划,典出《诗经·大雅·绵》:"爰始爰谋,爰契我龟。"马瑞辰通释:"始,亦谋也。爰始爰谋,犹言是究是图也。"

《它山歌》这首歌行体诗,共 28 句,220 字。全诗可分为四个段落。

开头两句"它山堰,堰在四明之鄞县"为第一段,首先介绍它山堰的位置。此为叙述事物之一般法则。"鄞县",秦于公元前 222 年置鄞、鄮、句章三县。汉沿袭秦制。隋初三县合一,称句章县。唐时改为鄮县。晚唐大和(827—835)间王元暐为县令时,仍称鄮县。五代初方改称鄞县。晚唐宗亮写本诗而称鄞县,一是因它山堰在原鄞县旧地,二是大概当时当地民间鄞、鄮兼称。

"一条水出四明山"至"半邑人民田种费"为第二段,介绍鄞江之水的首尾源流及其利弊,展现筑堰之前的自然状态。鄞江源出四明山,注于奉化江,与海潮相接。其利在淡水资源丰富,有落差;其弊在海水涨潮或天旱淡水流量减少的时候,咸水倒灌。淡水虽多,没有被很好地利用,损失了半个县的种田用水。"无计停",指没有办法让淡水停留下来。"田种费",谓种田的水白白流失,浪费了。

"太和中有王侯令"至"截断咸潮积溪水"为第三段,叙述县令王侯勤政为民,调查研究,建造坝堰。王侯为官清廉,优胜于他官,以民生为政务。他因为替百姓祈祷丰年而进入四明山,从而得知庄稼收成的好坏与水源的利弊相关。他又棹舟直到溪水岩石边,实地勘察远近的山川地理。他还询问父老以了解历史水文情况,然后领导、谋划造堰工程。他科学地选址在两岸山嘴凸向溪中的最窄处,采用叠石横铺的牢固方法筑堰,目的就是截断咸潮,蓄积淡水,提高水位,引流利用。"侯",对士大夫的尊称。

"灌溉民田万顷余"至诗末为第四段,叙述堰成之功,议论百姓感恩鬼神是弄错了对象，劝晓百姓应明大义。谓石堰筑成后，利用水位引流灌溉民田，达一万余顷，这个齐天之功不可湮没。时间渐长，民间天天使用这水，慢慢就忘了它的来源，年年粮食丰收，而不明白是因为谁。人们在它山边立了个它神庙，却不曾为王侯兴建一个祠。本来是王侯治理此水之功，却将饮食祭祀未有任何功劳的闲鬼。时人快快明白吧，如果真懂得感恩，应该年年祭拜王元暐啊！"顷"，一百亩或十二亩半，此处应指一百亩。"稔"，丰熟，富足。

本诗叙述、描写、议论相结合，大的段落中又有小层次，娓娓道来，有条不紊，语言通俗晓畅，把它山堰兴建的原因、主事、过程、科学性、功绩、感德之情等表达得清清楚楚。用诗的形式来记叙、议论它山堰这项闻名于世的古代水利工程，事、理、情兼胜，使后世读者易得要领，是一篇当之无愧的"诗史"。

宗亮本诗中责备"不为长官兴一祠"，可知当时尚未为王侯建祠。今据北宋苏为于咸平四年（1001）所作《重修善政侯祠堂记》，应在宗亮本诗之后不久，祠堂即建立。王侯被册封为"善政侯"，祠堂即以为名。祠在它山堰旁。至苏为此记，祠堂已是"重修"。王侯"声光垂于简编，德馨飨其庙食"也。

它山堰

截断寒流迭石基，海潮从此作回期。
行人自老青山路，涧急水声无绝时。

本诗首二句，用叙述兼描绘的方法，将事与景并呈。第一句写筑

宗亮

堰工程，其规模、方法、场面、艰巨性等内涵，皆包蕴其中，有对上一首"歌"的隐括。第二句写堰成之功效，咸潮涨至高大的堰坝之下，再也不能上灌，只得被逼返回。这句诗颇得古人推许，南宋林元晋《回沙闸记》中说："唐僧元亮赋堰诗有曰'海潮从此作回期'，人谓绝唱。"① 何以"人谓绝唱"？这句诗，在外人读来似无特别之处，可是当地人读之，则别兴感触。因咸潮为害，当地人最是见惯且无可奈何的；千百年的自然现象，今一朝被人力所改变，而诗人恰以轻松甚至嘲谑海潮的笔调写出，御重于轻，当地人读来感到特有一种解气的快意，觉得这句诗恰好表达了自己的胸臆，因而赞之为"绝唱"。

后二句，从生活情怀和审美意识写来，谓自石堰建成以后，世世代代，行人在鄞江两岸的青山路上往来，水声不绝于耳，充满诗意的畅快。"涧急水声"之所指，如堰坝泄水"状如喷雪，声若震雷"②，或潮水涨退之声，或引水入渠之声……石堰是一个系统工程，御咸蓄淡、调剂旱涝、分合众流、引水灌溉、便通舟楫，以及改善沿江生态环境、满足城乡家常日用，等等，"行人"总有可感知的。一代行人，在此青山路上往来"自老"，而水声"不绝"；代代行人，在此青山路上往来"自老"，水声依然"不绝"。"时"字表时间，与上句构成"……（空间），……时（间）"的时空结构，如笔者在前文解说许浑《晓发鄞江北渡寄崔韩二先辈》诗时所指出的王维"行到水穷处，坐看云起时"、许浑"地穷山尽处，江泛水寒时"中的用法，而宗亮本诗所指时间则长至后世千百年，意味悠长。

本诗在高度概括、凝练语言、工于格律、意境抉发等诗艺方面的成就，确可称道。无怪乎清初李邺嗣《甬上高僧诗》卷上说："时鄞为鄮县，令王元玮起它山堰，主水启闭，民德之。亮公为题一诗。宋志载吾邑四

---

① 宋魏岘《四明它山水利备览》卷下。
② 宋魏岘《四明它山水利备览》卷上"堰规制作"。

景四绝句,以公题《它山堰》为第一,所云景绝而诗亦绝者也。"

咏范供奉礼舍利塔

铁轮王使鬼神功,灵塔飞来鄮岭东。
有客不随流水去,磬敲疏雪细云中。

本诗一名《礼舍利塔》,见明代郭子章《明州阿育王山志》卷二《释迦如来真身舍利宝塔传》,及同书卷十。张如安《唐释宗亮诗辑存》录之,陈尚君录入《全唐诗续拾》卷三十二。

题目中之"范供奉",不详。"礼",敬。"舍利塔",指明州阿育王寺所珍藏的安放有释迦牟尼真身舍利的宝塔。

这是一首七言律诗。首二句写舍利塔的来历。谓阿育王驱使鬼神之力,使安放有释迦牟尼真身舍利的灵塔从印度飞来,降临在鄮山之东。"铁轮王",此称印度孔雀王朝国王阿育王,他因皈依、弘扬佛教,被教界视为护法轮王。相传他取出王舍城大宝塔阿阇世王所得的释迦牟尼真身舍利,将其分成八万四千份,并广造十分精致的八万四千个宝塔,以安放舍利。然后,有罗汉名耶会,舒五指轮,放光八万四千道,令羽飞鬼,各随一光尽处,安置一塔。"鄮岭东",传说西晋太康三年(282),僧人慧达在会稽郡鄮县的鄮山乌石岙发现一宝塔,即于此结茅修行,此为阿育王寺开基之始。东晋安帝义熙元年(405),舍利宝塔迁入现址,敕造塔亭,此为阿育王舍利殿之起源。以后,庙宇规模逐渐扩充。南朝梁武帝时,赐额"阿育王寺"。唐会昌灭佛,舍利宝塔充入越州府库。大中四年(850)正月,舍利宝塔复归阿育王寺,举行了有僧俗8000人参加的特大供奉盛会。

后二句,扣题,谓范供奉礼佛虔诚,没有随人群大流匆匆而去,而是留下来,单独再礼拜;敲磬声起,清音回响在鄮岭尚见余雪、飘忽着微云的清凉空寂的寺庙上空。"有客",指范供奉。"流水",比喻众人。"磬",

● 阿育王寺舍利殿

一种玉或石制成的打击乐器，此处是作寺庙法器之用。"疏雪"，稀疏的积雪。"细云"，纤云、微云。"疏雪细云"，阿育王寺所在地正月的景象。

本诗叙事简练。最具诗意的是结尾的叙事兼描写，磬声在"疏雪细云"的环境敲响、回荡，构成十分清寂、空灵的意境。

灵鳗井

散尽残云碧甃开，灵鱼石缝露星腮。
寒生镜底长清浅，泉脉流从印土来。

本诗见明代郭子章《明州阿育王山志》卷十，又见同书卷五载释赞宁撰《护塔灵鳗菩萨传》引。张如安《唐释宗亮诗辑存》录之，陈尚君录入《全唐诗续拾》卷三十二。

灵鳗井为阿育王寺一胜迹，传说井中有灵鳗，为舍利宝塔的护塔之神。五代宋初高僧赞宁撰有《护塔灵鳗菩萨传》，并引用了宗亮这首《灵鳗井》诗。兹引其一段文字，提供给读者参考：

> 灵鳗者，不测之神物也。按《感通传》，南山道宣律师问天神陆元畅曰：四明圣井灵鳗应现如何？答曰：护塔菩萨也。宝塔东来，相随而至，沿古抵今。四方道俗，以名香异花引而观之，咸见游泳于澄泉之内。井在阿育王寺东可一里余，两山夹路，下可百步，阴沉可畏，故无旱暵阴霾，常湛湛然。中引脉而出，泠然涌溢。鳗也欲出，则有二红蟹先行若前驱耳。身长一尺五寸，其余大小应量不可测也。首鼻如鼍龟，耸双耳，脑

有金星,或现银星,其尾如鳢,其色黄黑,其鬐长锐。潜泳水中,有慢惰之趣;盘旋甓下,有恭逊之形。夭娇焉,蜿蜒焉。掬而嗅,无鱼鳖之腥;投而沉,无网钓之惧。实谓龙类不藏者也。泉有饮者,差疾灭罪,相传谓之圣井,鱼谓鳗菩萨也。唐僧宗亮诗云……

本诗是一首七言律绝。首二句,意谓灭佛的错误行为终于被纠正,笼罩在灵鳗井上的残云消散了,长满碧色苔藓的井壁重见天日;护塔的灵鳗回到了井中(此前它随宝塔外出),从石缝中可以见到它那分布着金星的鳃呢。"残云",比喻会昌灭佛事件,会昌元年(841),武宗李炎下令灭佛,阿育王寺舍利塔被充入越州府库,宣宗大中四年(850)正月方得回归。"碧",指碧色的苔藓。"甓",以砖瓦砌成的井壁。

后二句,谓俯临井口,一种寒意生于镜底,水镜空明清浅;它的泉脉应是远从印度流来的——诗人以此井"泉脉"象征佛教西来——那么,怎可被遏止、阻断呢?"印土",指印度,如唐无名氏《题焚经台》:"青牛谩说函关去,白马亲从印土来。"

本诗其实通过"灵鳗井"写了一个历史大事件。诗人咏物,不即不离。舍利宝塔平安归来,护塔灵鳗的作用则在不言之中,此为扣题。"寒生镜底长清浅",禅意可参;"泉脉流从印土来",遐思远举。本诗句句耐读,整体浑融,宗亮确实善作绝句。

● 阿育王寺天王殿

陆龟蒙

> 陆龟蒙（？—约881），字鲁望，苏州吴县人。咸通（860—874）中，举进士不第，不复应试，遂隐居松江甫里。号"江湖散人""天随子""甫里先生"。咸通十年（869），崔璞任苏州刺史时，皮日休为郡从事，陆、皮二人得以交游，结为诗友，有唱和诗300余首，由陆龟蒙编为《松陵集》。后陆曾为湖、苏二州从事。晚年自编诗文集《笠泽丛书》。南宋叶茵将《松陵集》《笠泽丛书》合编为《甫里先生文集》。陆龟蒙是与范蠡、张翰齐名的吴江三位"高人"之一。

秘色越器

九秋风露越窑开，夺得千峰翠色来。
好向中宵盛沆瀣，共嵇中散斗遗杯。

本诗见《甫里先生文集》卷之十二。

"秘色"，辞书上一般解释为瓷器上的青色釉彩。后来陕西扶风县法门寺以及宁波慈溪等地出土了秘色瓷实物，今学者多认为"秘色"不单是青色。最新版《汉语大词典》解释为："古代越州官窑所产磁器的颜色。因为帝王所专用，故云。"这个解释把颜色（并不具体指哪种颜色）和帝王专用扯在一起，似乎要调和自古及今的说法之分歧，实际上仍给人留下了疑惑。学界对此将会继续探讨，笔者且搁置不议，只是说明，

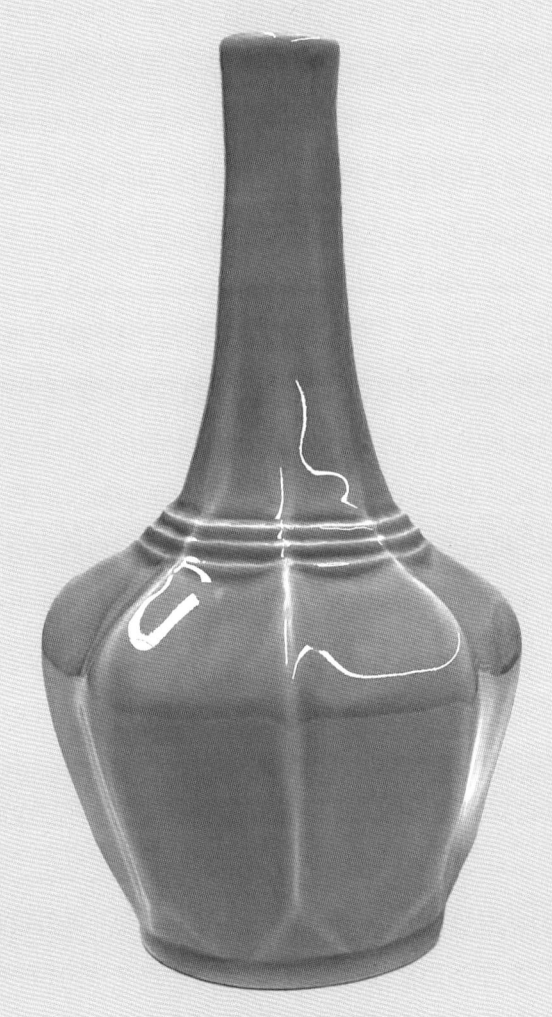

● 八棱净水青瓷瓶(宁波大学科学技术学院胡成制作)

今存两首唐诗涉及的秘色瓷，釉色都是青色。

今人谈秘色瓷，引用最多的是宋赵德麟《侯鲭录》卷六的这段话："今之秘色瓷器，世言钱氏有国，越州烧进，为供奉之物，不得臣庶用之，故云秘色。比见唐陆龟蒙集《越器》诗云'九秋风露越窑开，夺得千峰翠色来。好向中宵盛沆瀣，共嵇中散斗遗杯'，乃知唐时已有秘色，非自钱氏始。""磁器"，即瓷器。"世言"云云，多重信息杂糅，这些信息存在实与不实之别。今人引用时各有偏执，不顾其他。赵德麟举陆龟蒙这首诗的用意在于纠正世人的一个错误认知，即"秘色"唐已有之，并非始于"钱氏有国"之时。至于"世言"存在的其他问题，他未置可否。

"越器"，指越窑生产的瓷器。"越窑"，谓越州窑。唐代越州窑分布在余姚、上虞等地。"秘色越器"，是越窑瓷器的最上乘之作，以余姚生产的最具代表性。陆游《老学庵笔记》卷二云："耀州出青瓷器，谓之越器，似以其类余姚县秘色也。"他说，(宋代)耀州(在今陕西)出产的青瓷器号称"越器"，似乎是因为类似余姚县的秘色瓷器。可见古人认为余姚秘色瓷器是"秘色越器"的代表。今上林湖(唐代属越州余姚县，今属宁波慈溪市)越窑遗址考古发现证实其为秘色瓷器的主要生产基地。因此，我们可以把陆龟蒙这首诗作为吟咏宁波物产的诗歌来珍视。

这是一首七言律绝。

首二句"九秋风露越窑开，夺得千峰翠色来"，谓在九月深秋风露时节，越窑开窑了，把烧制工序都已完成的瓷器产品取出来；只见一件件秘色瓷器犹如夺得千峰翠色，清莹润泽，光洁可爱。前句特言"九秋风露"，乃此时节为烧窑之最佳时期，柴木充足，且质量好，能保证火焰纯青、火力旺盛；后句描写烧制之成功、产品之精美，形容出秘色瓷的美感特征。"夺"字妙！"秘色"的形成，除了需要特殊的黏土、添加的原料、釉彩的配方等必具要素和条件，确实还与火焰、火力、火候有关；千峰之"翠色"本为草木，至采为烧窑之柴，瓷器在炉火纯青中升华出"秘色"，

● 双凤纹青瓷盘（宁波大学科学技术学院胡成制作）

便是"夺"得千峰翠色来！

　　后二句"好向中宵盛沆瀣，共嵇中散斗遗杯"，紧扣"九秋风露"，谓秘色瓷器从窑中取出后，正好可用来容盛夜间的清露，供仙人饮用；它可与嵇康传世的酒杯相比，看哪个更受人喜爱、传世更为久远。上句赞其功用，且非世间之俗物；下句料其必传之后代，为稀世珍品。"中宵"，半夜。"沆瀣"，夜间的露水，古人谓仙家之所饮。"嵇中散"，三国魏嵇康，仕魏为中散大夫，故称。"斗"，比赛、争胜。"遗杯"，遗留的酒杯。嵇康（字叔夜）好饮，其酒杯流传后世，陆龟蒙《添酒中六咏·并序》说："徐景山有酒枪，嵇叔夜有酒杯，皆传于后代。"

　　本诗是有关"秘色越器"的最早史料，具有"诗史"价值；诗人对秘色瓷的高度赞美，成为后人对秘色瓷审美价值判断的重要依据。在当今青瓷研发和生产工艺中，"秘色越器"是被作为最高境界来追求的。

四明山诗（并序）

序

谢遗尘者，有道之士也，尝隐于四明之南雷。一旦访予来，语不及世务，且曰："吾得于玉泉生，知子性诞逸，乐神仙中书，探海岳遗事，以期方外之交，虽铜墙鬼炊，虎狱剑饵，无不窥也。（已上八言谢语，不知所谓者何。一云出《隐中书》。）今为子语吾山之奇者，有峰最高，四穴在峰上，每天地澄霁，望之如牖户，相传谓之石窗，即四明之目也。山中有云不绝者二十里，民皆家云之南北，每相从，谓之过云。有鹿亭，有樊榭，有潺湲洞。木实有青棍子，味极甘而坚不可卒破。有猿，山家谓之鞠侯。其他在图籍，不足道也。凡此佳处，各为我赋诗。"予因作九题，题四十字。谢省之曰："玉泉生真不诬矣，好事者为予传之。"因呈袭美。

陆龟蒙未曾到过明州，他却作有一组《四明山诗》，共九首。其原委，他在序中说得很明白。据此可知，四明山隐士谢遗尘，以审美的眼光抉发了四明山的"九奇"。他得知陆龟蒙好奇闻逸事（当然更知其诗歌才华），专赴苏州访之，向其介绍了四明山的这九种奇特景观或物产，请为赋诗。陆龟蒙便作了九首相应的五言律诗，并且呈给了诗友皮日休（字袭美）。皮日休也随之唱和了九首，见后文。

这里涉及三个人物：谢遗尘、陆龟蒙、皮日休。宁波要感谢他们，是他们使四明山的奇特风景或物产，通过唐诗的歌吟，成为该山的名胜或特产；而其诗歌流传下来，非常具有审美的价值。后世诗人因之作了许多"九题"诗，如南宋史浩有《次韵郑郎中作四明谢遗尘九题》、明末黄宗羲《九题诗》、清全祖望《赋谢遗尘南雷九题》等等。可以想象，谢遗尘向陆龟蒙介绍"九奇"时，肯定比陆龟蒙这个序中所说的要详细得多。当然，陆龟蒙创作时，必有取舍、想象等加工，虚实结合。皮日休则是根据陆诗进行再创作。

黄宗羲说："鲁望因遗尘而知有四明，后人则因鲁望而知有遗尘。"谢遗尘作为一个历史人物的存在，很单纯，只为四明山的"九奇"让天下人知晓。不料他自己也"被"出名了。他是高尚的"有道之士"，史浩感念他，特别于明州城月湖的松岛上建了谢遗尘庙。他在四明山中的隐居地"南雷"，在人心中也如"圣地"一般，但实地在哪儿呢？宋末元初的戴表元于《清茂轩记》中说："所谓大雷山者，尝为唐贤谢遗尘所居。"元袁桷延祐《四明志》卷七谓大雷山，即唐末谢遗尘隐处。戴、袁所称之"大雷山"，在奉化境内。明末黄宗羲《四明山志》卷一指出，四明山之大雷峰有三处，一在鄞，一在奉化，一在余姚。认为谢遗尘所隐居的"南雷"，应是余姚境内大雷峰、小雷峰之下的南雷里。南雷里也是黄宗羲的家乡，"同是南雷之人"（《四明山志》卷四《九题考》），所以黄宗羲对"南雷"情有独钟，取作书名，有《南雷文定》。

有人说谢遗尘是谢朓的后人，但难以确证。不过，谢氏大家族，人物如谢安、谢玄、谢灵运、谢朓，都曾在四明山活动、栖迟。黄宗羲《四明山志》卷一"东山"条认为，此即谢文靖（谢安谥文靖）所居之山，与支遁所居的余姚坞、许询的姚江南面居里，所居密迩，且其地之清贤岭、谢公岭，均因谢安而得名。"谢山"条说："有谢山庙，其中丹臼犹存，旧志以为谢康乐炼药于此。宋杨适《云溪寺记》云：'谢山实四明东足，王右

●《松陵集》书影

军守会稽,谢安石慕旧,携许询、支遁潜息其间,故山之擅名由谢太傅始也。'然会稽溪山,凡言谢氏者,太傅、康乐诚有难辨,未可以为必然耳。有云溪山,杨适云:'云溪者,谢山之别峰耳。'""大雷山"条说:"此东面之大雷,与南面大雷相去百里。……有静水洞,《丹山咏》云:'谢朓曾居兹读诵史传,无文不知。'何所据也?"众说如此,看来,四明山竟是谢家之山了。全祖望高尚之,即以"谢山"为号。

石 窗

石窗何处见,万仞倚晴虚。
积霭迷青琐,残霞动绮疏。

山应列圆峤,宫便接方诸。

只有三奔客,时来教隐书。

"石窗",即四窗,在今余姚市大岚镇华山村大俞山顶,参见前文对刘长卿《游四窗》的解说。本诗以想象为主,因此读者还有必要读一下黄宗羲《四明山志》卷四《九题考》所云:

> 一曰石窗。在大俞村,自麓至巅十里。削成石室,高五尺,深倍之,广如深而六之;中界三石,分一室而为四。谢康乐《山居赋》注云"方石四面开窗",不知其总在一面也。其谓之窗者,凡石穴,多在平地,故称之为洞、为室;此独悬空半出,有似乎窗也。

黄宗羲的九题考辨,有的非常好,对陆诗的读者而言,可摭实以解虚。

首联"石窗何处见,万仞倚晴虚",谓石窗之高。虽是虚拟,却引人想象。"万仞",喻高。古人以七尺(一说八尺)为一仞。"晴虚",晴空。

颔联"积霭迷青琐,残霞动绮疏",谓每当云气聚集时,石窗朦胧,仿佛仙宫装饰了青色花纹的窗户;又当一抹晚霞照临时,则红光在好似雕刻成空心花纹的窗户上晃动。此联刻画极有神采,读者不妨对比《后汉书·梁冀传》"窗牖皆有绮疏青琐,图以云气仙灵",其艺术想象、意象搭配,即有"青出于蓝而胜于蓝"的感觉。"迷""动"二字为诗眼,十分灵动。"青琐""绮疏",皆为华丽之窗,此紧扣写"窗",而又不见直用"窗"字,甚妙。

颈联"山应列圆峤,宫便接方诸",谓石窗所在的山,应并列于神山圆峤;石穴如宫室,便与方诸宫室相接。"应""便"二字,为"凿空拟议"之词,然而合情合理,十分稳当。"圆峤",传说中的海上五座神山之一。《列子·汤问》:"渤海之东不知几亿万里……其中有五山焉,一曰岱舆、二曰员峤、三曰方壶、四曰瀛洲、五曰蓬莱。""方诸",传说中的仙人住处。南朝梁陶弘景《真诰·协昌期一》:"方诸……有青君宫室,又特多中仙人及灵鸟灵兽辈。"北宋张君房辑录的《云笈七签·方药部五》云:"往来圆峤,出入方诸。"

尾联"只有三奔客,时来教隐书",谓只有一些真正逃世的隐者,才会吸引仙官时来石窗这个地方,授予他修道的绝密之书。"三奔客",指逃世的隐士。典出东汉梁鸿。鸿避患逃世,多次转移隐居地,据《后汉书·逸民列传》,梁鸿与妻偕隐,初入霸陵山中,以耕织为业;复易姓名,居齐鲁间;最后适吴,为人赁舂。故称"三奔客"。"教",授予,陆龟蒙《奉和袭美怀华阳润卿博士》:"几降真官授隐书,洛公曾到梦中无。""隐书",旨义隐秘之书。陶弘景《真诰·甄命授》:"道有八素真经,太上之隐书也。"

四明石窗的仙道氛围(已见前文诸诗),必然为谢遗尘所述及,又符合陆龟蒙"乐神仙中书"的知识储备和思想意识,两相凑泊。所以本诗创作任凭意兴,驰骋想象,虽是虚拟,倒颇贴切,读之而无空洞的感觉。

过　云

相访一程云,云深路仅分。
啸台随日辨,樵斧带风闻。
晓着衣全湿,寒冲酒不醺。
几回归思静,仿佛见苏君。

"过云",据谢遗尘述,是"山中有云不绝者二十里,民皆家云之南北，每相从，谓之过云"。这个浓缩的名词，诗意饱满，非常有张力。"从"，过从，来往。黄宗羲《九题考》云："二曰过云。奉化雪窦山有岭，名'二十里云'，故遗尘云'山中有云不绝者二十里'，因此岭而言也。"岭名"二十里云"，即令人想见其景象，而生神往之情。

首联"相访一程云，云深路仅分"扣题。"相访"，即"过"。"一程云"，即二十里云。云的面积广、浓度大，诗人用一"深"字概括，其体量任人想象。首二句谓居于云南云北的人家相访，要经过二十里云；进入云深处，仅仅能够分辨出眼前的路来。

中间两联继续写"过云"，句句不离题。颔联"啸台随日辨，樵斧带风闻"，谓过云途中，啸台有待日光驱散云雾时才能望见；樵斧伐木的声音倒是穿透云雾，由风送来了。"啸台""樵斧"，诗人设想的二十里云程中的景观，两者也是古代诗歌中常见的带有隐逸氛围的经典意象。四明山的"二十里云"途中，未必有啸台；樵斧更是属于声音景观，转瞬即逝，陆龟蒙并未行走其间，必无所闻。因此，两者皆为虚拟。然而，山水诗的妙处在于，它犹如山水画，可以"自然丘壑内营，立成郢鄂"，只要不悖常理，而不碍于真实景物的有无，即使咏实景，也应不粘不滞。啸台与隐逸有关，《晋书·阮籍传》："籍尝于苏门山遇孙登，与商略终古及栖神导气之术。登皆不应，籍因长啸而退。至半岭，闻有声若鸾凤之音，响乎岩谷，乃登之啸也。"苏门山（在今河南辉县西北）上有孙登啸台，王维说："孙登长啸台，松竹有遗处。"（《偶然作》）魏晋风流，影响所及，天下山水间，多处有高人隐士的啸台。因此，说四明山有啸台，也不会违和。樵斧声，是一种山林绝响，如唐诗"幽谷响樵斧"（刘禹锡《裴祭酒尚书见示春归城南青松坞别墅寄王左丞高侍郎之什命同作》）、"樵声出翠微"（许棠《寄鳖屋薛能少府》）。诗人笔下之樵，常为隐君子事。陆龟蒙对此更有极大兴致，专门作有《樵人十咏》，分咏樵溪、樵家、樵叟、樵子、樵径、樵斧、樵担、樵风、樵火、樵歌。其《樵斧》有句云："丁丁在前涧,杳杳无寻处。"而在《过云》诗中植入"樵斧带风闻"一句,不仅别增意趣,也是以声音(借助于风的流动)的穿透力衬托云的妙法。比陆龟蒙年少的晚唐诗人郑损的《星精亭》诗,有"樵斧带霜闻"句,竟似从陆龟蒙诗所出。

颈联"晓着衣全湿,寒冲酒不醺",谓早上才穿的衣服,在"过云"中,全被云给湿透了;冒着云中的寒冷而行,饮酒以御寒,多饮亦无醉。陆龟蒙虽然未实际来游,但有生活经验、前人诗意在,后者如"纵使晴明无雨色,入云深处亦沾衣"(张旭《山行留客》)、"山路元无雨,空翠湿人衣"(王维《山中》)等,所以写来真切。"醺",酒醉。

尾联"几回归思静,仿佛见苏君",仍然写云,将其美化为升仙之境。此二句谓经历了"二十里云"程归来,于静中思之,仿佛见到苏耽升云汉的情景。"苏君",指"苏仙公"苏耽。苏耽,汉末人,养母至孝,后得道,

● (元)方从义《白云深处图》(局部)

升云成仙。《神仙传》卷九云:"苏仙公者,桂阳(郡名,治所在今湖南郴州市苏仙区)人也……俄顷之间,乃见天西北隅紫云氤氲,有数十白鹤飞翔其中,翩翩然降于苏氏之门,皆化为少年……(苏仙公)踟蹰顾望,耸身入云,紫云捧足,众鹤翱翔,遂升云汉而去。"苏耽成仙与乘云相关联,陆龟蒙之前,唐人诗歌亦咏之。如初唐沈佺期诗中说"少曾读仙史,知有苏耽君。……泊舟问耆老,遥指孤山云"(《神龙初废逐南荒途出郴口北望苏耽山》);盛唐王维诗中说"瀑布杉松常带雨,夕阳彩翠忽成岚。借问迎来双白鹤,已曾衡岳送苏耽"(《送方尊师归嵩山》),"岚",云雾。

本诗想象力发挥得极为出色,这自然是诗人灵机的闪耀,但它是建立在诗人与本诗题材相关的丰富的生活经验和广博的学识基础上的。诗歌的成功,来自其所撷取的所有意象形成的合力,浑融一体,这最能见出一个诗人的"功力"。

云　南

云南更有溪,丹砾尽无泥。
药有巴賨卖,枝多越鸟啼。
夜清先月午,秋近少岚迷。
若得山颜住,芝篁手自携。

"云南",地名,云南里,因在"过云"之南而得名。黄宗羲《九题考》云:"三曰云南。在桃花坑山之下,奉化之云南里是也。"又黄宗羲自作《云南》诗,有注:"地名小盘谷。"

本诗写"云南"的风物和人们的美好生活。首联"云南更有溪,丹砾尽无泥",谓云南有一条很美的山溪,溪中的石头呈红色,一点泥土也没

● （明）陆治《幽居乐事图·采药》

有。"丹砾"，红色的石块。这些石块，是丹岩剥落溪中，经水流冲刷后留下的。四明山被道教称为"丹山赤水洞天"。

颔联"药有巴賨卖，枝多越鸟啼"，谓"云南"出产药材，其中有巴人所出售的药材种类；树上则有许多越地的鸟儿啼叫。"巴賨（cóng）"，对巴人的称呼。巴为古国名，其大部分疆域在今重庆市境内，战国时被秦惠文王所灭。巴人称赋税为"賨"，因此称巴人为"巴賨"。这颔联两句，是要表明"云南"的物产丰饶——巴人所售药材，理当产于巴地，为"殊方异物"，出人意料的是四明山之"云南"竟然也出产①；至于多越鸟啼叫，则为越地所应有。

颈联"夜清先月午，秋近少岚迷"，谓此地的夜晚显得特别清，在月至午夜前就已让人感受到了；才近秋天时节，已少岚雾，而见天高气爽。

---

① 按，黄宗羲《九题考》云："陆诗之'巴賨'，皮诗之'无雁到峰前'，岂可借滇、蜀事为点缀乎？"作为考证或可，读者若解诗，则断断不可胶柱鼓瑟。陆诗并非实言巴人所卖药，甚至连什么药名也没说，他只是随意举一处殊方之物产，以说明"云南"虽为越地，其物产却有越地所不常见者。

此两句真切，无山间体验者，不能道出。"岚迷"，指岚雾迷蒙。

尾联"若得山颜住，芝篧手自携"，谓如果要使健康的容颜长住，就手持竹筐，去采撷灵芝。"山颜"，山中人特有的健康的容颜。"住"，保持，指不变老。"芝篧（cuō）"，盛灵芝的竹筐。结尾夸赞居住在"云南"的人健康长寿，因为"云南"有不老之药灵芝仙草。

本诗赞美"云南"风物，归根到底落实到"人"，洋溢着向往之情，寄托了诗人的生活理想。

云　北

云北是阳川，人家洞壑连。
坛当星斗下，楼拶翠微边。
一半遥峰雨，三条古井烟。
金庭如有路，应到左神天。

"云北"，地名，与"云南"对应，在"过云"之北。黄宗羲《九题考》云："四曰云北。近雪窦境。"

本诗写"云北"人家生活环境之美。首联"云北是阳川，人家洞壑连"，谓云北是一条阳光明媚的河川，村落人家紧邻洞壑而居。为何"川"前着意修饰以"阳"字？二十里云岭因云雾太多，湿度大，是不宜居住人的，"民皆家云之南北"，择地而居，必有所取，"云南"物丰，"云北"阳和。

颔联"坛当星斗下，楼拶翠微边"，谓高台正好筑于星斗之下，楼房建在青翠的半山坳里。"坛"，高台，此为居民举行祭祀、祈祷、庆贺、聚会等活动的场所。"拶（zā）"，逼、挤压，此指楼房处在山坳的三面环山中。"翠微",青翠掩映的山腰幽深处。"边",里边。此联大有讲究,坛须设于高阔处、星斗下,居所则须建在背风、面阳、避免水灾、日常取用和出入方便处,此皆涉及建筑物功用和堪舆卜宅之学,诗人深谙之,写来合情合理。

颈联"一半遥峰雨,三条古井烟",谓有的时节能望见远峰一半晴明一半下雨的奇景,有的时节可近睹村巷中几座古井飘忽而出的热气。前者通常出现于阵雨为多的夏季,后者一般出现在地下温度高于地表温度的冬季。此联天趣自流,有"状难写之景,如在目前"之妙!

尾联"金庭如有路,应到左神天",谓云北这么一个好地方,又人家连洞壑,如果这洞壑有通往洞天福地之路的话,那么应能到达太湖的左神天(即林屋洞天)。言外之意,"我"也可以经由此路,在太湖和云北之间来去。(按,居住在太湖边的陆龟蒙,另有与皮日休的唱和之作《入林屋洞》可参。)"金庭",道教洞天福地之称,此指下句之左神天①。"左神天",即林屋洞天,在今苏州市吴中区金庭镇(太湖中的西洞庭山),道教称为十大洞天中的第九洞天,一称左神幽虚之天,即天后真君之便阙。洞庭山以洞壑通达名山著称,南朝梁任昉《述异记》卷上云:"洞庭山有宫五门,东通林屋,西达峨眉,南接罗浮,北连岱岳。"明王鏊《姑苏志》卷三十三:"林屋洞……洞有三门,同会一穴,一名雨洞,一名旸谷,一名丙洞,中有石室、银房、石钟、石鼓、金庭、玉柱、白芝、金沙、龙盆、鱼

---

① 按,黄宗羲《九题考》云:"四曰云北。近雪窦境,陆诗'金庭如有路',皮诗'应得入金庭',不知金庭在四明之西南,言之于云南差近,言之于云北则悬隔矣。"黄宗羲把陆诗中的"金庭"理解为四明之西南的越州剡县(今属嵊州)境内的金庭山,即道教三十六小洞天之一的金庭崇妙天,从而认为陆诗有违地理。其实,道教福地以"金庭"称之的有多处,且可指天上神仙之居处。最重要的是,左神天(即林屋洞)中有"金庭"。所以,陆诗"金庭"并不特指"四明之西南"的金庭崇妙天,他只是用这个可作洞天福地之称的词,与下句"左神天"互指。否则陆诗尾联讲不通,即四明已是"丹山赤水洞天",干吗要绕道经"金庭崇妙天",再到"左神天"呢?

乳泉、石燕,有石门名隔凡。"

本诗开阖有度,首尾照应,虚实结合;写景注重空间布局,高低远近搭配,立体感强。

鹿　亭

鹿亭岩下置,时领白麑过。
草细眠应久,泉香饮自多。
认声来月坞,寻迹到烟萝。
早晚吞金液,骑将上绛河。

"鹿亭",在今余姚市大兰山东北鹿亭乡。黄宗羲《九题考》云:"五曰鹿亭。在大兰山。《南史》:孔祐至行通神,隐于四明山,有鹿中箭来投祐,祐为之养创,愈然后去,故于祠宇观侧建鹿亭。"

本诗借孔祐救鹿之事发挥,歌颂人行善,兽通灵,人与自然和谐相处。

首联"鹿亭岩下置,时领白麑过",叙述建亭缘由及作用。谓孔祐在鹿伤愈离去后,特意于救治鹿的山岩下建了一座鹿亭;这只被救的小白鹿,后来便不时地被引导回来。"置",《甫里集》作"坐",《松陵集》作"置"。"坐"指坐落,为客观叙述鹿亭的位置;"置"为设置、建造,有着意经营之义。揆之诗意,以"置"字为佳。"领",引。"麑(mí)",幼鹿。"过",指来访。

颔联"草细眠应久,泉香饮自多",正面写鹿在亭前的自在和快乐,侧面写人的善心。谓亭前青草细软,它常在草上安眠;亭旁泉水香甜,它常临泉边畅饮。据上联鹿亭之"置"字义来理解,则这细草,当是选自然之胜,抑或人工所培植的;这香泉,亦当是临水建亭,抑或人工引来的。经营者的用心,透过鹿的自在和快乐,读者可以感知到。

  颈联"认声来月坞,寻迹到烟萝",正面写鹿主动亲近人,侧面把孔祐的情怀和人格表现了出来。谓它熟识孔祐的声音,会寻声来到孔祐赏景流连的月坞;它能寻觅孔祐的踪迹,沿迹来到孔祐幽居的烟萝深处。诚可谓仁人忘机,鸟兽无猜。"坞",指四面如屏的花木深处,如王维辋川有辛夷坞,李德裕平泉庄有竹坞。坞有临水的,则可赏水月,为"月坞"。陆龟蒙家园便有月坞,其《新秋杂题六首·行》写道:"寻人直到月坞北,觅鹤便过云峰西。只今犹有疏野调,但绕莓苔风雨畦。"他把"月坞"这一意象,又用到了《鹿亭》中,拟作孔祐逍遥自乐之处。"烟萝",

● 佚名《白鹿图》

草树茂密,烟聚萝缠,指幽居修真之处。则孔祐的情趣和高洁出尘的人格,就含蕴在这"月坞""烟萝"的意蕴之中。读者始终牢记,体味意象的"意蕴",是理解中国传统诗词的一把管钥。

尾联"早晚吞金液,骑将上绛河",人与鹿合写,谓一同得道升仙。"早晚",指近日的某个时候。"金液",道教所称的一种丹液,谓服之可以成仙。李白《寄王屋山人孟大融》诗:"所期就金液,飞步登云车。""骑",指骑白鹿。神话传说中的一些仙人,常骑白鹿行空往来,唐诗常用之,如唐王昌龄诗云"仙人骑白鹿"(《就道士问周易参同契》),李白诗云"韩众骑白鹿"(《至陵阳山登天柱石酬韩侍御见招隐黄山》)、"且放白鹿青崖间,须行即骑访名山"(《梦游天姥吟留别》),吕岩诗云"闲骑白鹿游三岛"(《七言》),等等。"绛河",天汉之别称。

本诗据"鹿亭"的传说故事,撷取相关传统文化元素,敷衍成篇。左右逢源,浑然一体,使人读之,既无滞涩之态,也无散漫之感,诚不负谢遗尘之所望也。

樊榭

樊榭何年筑,人应白日飞。
至今山客说,时驾玉麟归。
乳蒂缘松嫩,芝台出石微。
凭栏虚目断,不见羽华衣。

"樊榭",在余姚市境内的大兰山,相传东汉上虞县令刘纲之妻樊云翘所立。详见前文对李频《游四明山刘樊二真人祠题山下孙氏居》的解说。黄宗羲《九题考》云:"六曰樊榭。元曾坚云,刘、樊从大兰飞升,建

（明）张灵《招仙图》

祠其所，祠侧为樊榭。"

首联"樊榭何年筑，人应白日飞"，谓樊榭是哪一年建筑的呢？建造此榭的人早已升天成仙。以问开篇，引人遐想，此善写仙事者也。"榭"，建在高台上的木屋。"白日飞"，白日升天。

颔联"至今山客说，时驾玉麟归"，谓至今听得隐士说，樊夫人还不时驾着麒麟归来呢。此联为作者狡狯之笔，明明告诉你是"传闻"，然而说得煞有介事；读者虽坠云雾中，却又颇引好奇之心。"山客"，指山中隐士。唐王维《田园乐》："花落家童未扫，莺啼山客犹眠。""玉麟"，麒麟的美称，道教传说仙人所乘。《太平广记》卷六十一引《集仙录·王妙想》："须臾，千乘万骑悬空而下，皆乘麒麟凤凰、龙鹤天马。"杜甫《寄韩谏议》："玉京群帝集北斗，或骑麒麟翳凤凰。"

颈联"乳蒂缘松嫩，芝台出石微"，谓樊榭旁边，初生鲜嫩的花蒂悬挂在松枝上，灵芝的茎刚刚冒出石缝来。此虚拟樊榭附近，至今犹产修道的所需之物。诗人的用意是，它们既证实着樊夫人当年成仙的环境、物质条件，且今日还见新生的松花、灵芝，那么后来者依然有条件在此飞升。"乳蒂"，初生松花的蒂。它先开花，后成松果,古代修行者采其花粉为食材,参见前文对释法常《答盐官齐安国师见招二首》"数树松花食有余"的解说。"芝台",芝草的茎。"台",同"薹"。"芝台"一词,陆龟蒙另有诗中用之,《寄茅山何道士》:"圃暖芝台秀,岩春乳管圆。"又《南阳广文博士还雷平后寄》亦云:"芝台晓用金铛煮,星度闲将玉铃量。"

尾联"凭栏虚目断,不见羽华衣",谓身倚栏杆,望断遥天,不见仙人的踪影。这个结尾妙,它有两个契合,一是契合读者期望一睹樊夫人仙姿芳容的心理,二是契合大众读者作为凡人的疑虑,到底仙事有也无也?诗人真是摸透了读者的心思,他并不强说有,却也未否定其存在。"羽华衣",即羽衣,仙人之服。此处用以指代人,指"时驾玉麟归"的樊夫人。

本诗咏樊榭,其"仙事"已远,榭亦不存,诗人全凭虚拟,却能构成意境,引人入胜,概在意象的合理取用、巧妙安排。尾联之心意彷徨,尤牵动读者心肠。

潺湲洞

石浅洞门深,潺潺万古音。
似吹双羽管,如奏落霞琴。
倒穴漂龙沫,穿松溅鹤襟。
何人乘月弄,应作上清吟。

"潺湲洞",又名白水宫、白水冲,在四明群山之白水山,距今余姚市梁弄镇南约4公里。相传道人白公有仙术,隐居于此。刘、樊初期即在此地师事白公学道。黄宗羲《九题考》云:"七日潺湲洞。余姚之白水宫是也……始刘、樊居潺湲洞侧,师事白君。"参见前文对李频《游四明山刘樊二真人祠题山下孙氏居》的解说。

首联"石浅洞门深,潺潺万古音",谓石洞入口不高,但其洞幽深,潺潺流水之声万古传响。此扣题,第一句写"洞"的形态,第二句写"潺湲"之声。"浅",指洞口从上到下的距离小。"万古音",包含其声音的万古不绝和万古不变二义。

颔联"似吹双羽管,如奏落霞琴",谓水声似凤箫吹响,又如宝琴弹奏。此用乐器的音乐形象为比喻,进一步描绘水声的美妙。此联从汉人郭宪《洞冥记》卷三化出:"(汉武)帝常夕望东边,有青云起,俄而见双白鹄集台之上,倏忽变为二神女,舞于台,握凤管之箫,抚落霞之琴,歌青吴春波之曲。""双羽管",即排箫。排箫为一组长短不同的竹管依次组成,与凤翼的羽毛排列相似,故称箫为"凤管"或"凤箫"。因凤有双翼,故又称排箫为"双翼管"。"落霞琴",宝琴名,琴上刻镂有落霞图案,故名。

颈联"倒穴漂龙沫,穿松溅鹤襟",谓洞穴之水往外涌出,漂浮起白色的水花,如龙沫一般;有的水沫飞扬起来,竟穿过松叶,溅到了栖息于松枝间的仙鹤胸前的羽毛上。此扣"潺湲"之水的流动貌,描绘水流、水花。"龙沫"的比喻,既富于形象,也寓含了此洞的不凡(龙在洞中);"松""鹤"为洞外景物,是一对经典搭配意象,用在此处,烘托了富有仙道气息的环境氛围。

尾联"何人乘月弄,应作上清吟",谓这么清妙的境地,任谁在此乘月玩赏潺湲之水,都会情不自禁地吟出对这般仙境的颂赞之词来吧!此乃顺理成章之推想,着实兴复不浅。"弄",玩赏,此指玩赏潺湲,再次扣题。该句语本谢灵运《入华子岗是麻源第三谷》诗:"且申独往意,乘月弄潺湲。"此或陆龟蒙着意为谢遗尘化用谢灵运诗欤?"弄潺湲"颇具意趣,自谢诗发明,唐人诗中屡用之,如崔泰之诗"朝思登崭绝,夜梦弄潺

● 白水冲瀑布（徐丰/摄）

湲"(《奉酬韦嗣立祭酒偶游龙门北溪忽怀骊山别业》)、孟浩然诗"挥手弄潺湲,从兹洗尘虑"(《经七里滩》)、李白诗"濯缨掬清泚,晞发弄潺湲"(《安州应城玉女汤作》)等。而"乘月"弄潺湲,尤为清境清趣。"上清吟",指仙境吟,道教的一种颂赞之词。道教对于仙境有"三清"之说,玉清、太清、上清,在人天两界之外。

本诗写潺湲洞,紧扣题目而兴发诗情。"潺湲"有声音、有形态,故从听觉、视觉拟写,形象丰满。与仙道之传闻、物态、环境契合,想象恰切,意兴飞扬。

青棂子

山实号青棂,环冈次第生。
外形坚绿壳,中味敌璃英。
堕石樵儿拾,敲林宿鸟惊。
亦应仙吏守,时取荐层城。

"青棂子",青棂所结的果实。黄宗羲《九题考》云:"八日青棂子。今亦无识之者,所谓'味极甘,而坚不可卒破'者,按以求之,更无一物相似。岂草木之种类亦有绝欤?陆诗'环冈次第生',徒虚语耳。"清吴仪一《徐园秋花谱》以为青蘁即青棂。其说非必可信,今仅叙录其描述,以作参考:叶似地黄,开紫花,有一种冷淡之致。结角,角坼子出,如豆而青,故名青蘁。子坚不可啮,剥之,肉白而甘美。吴仪一认为陆龟蒙、皮日休诗皆是实录,因传写误作"青櫺(棂)",致后人漫无所考。

本诗咏四明山的一种特产。大意说,有一种山果叫作"青棂子",在四明中,青棂这种植物长满了一条山岭。果实绿色的壳很坚硬,但是剥开来，果肉胜过了修道之人服用的琼英。这种果实成熟后掉落在石上，被樵儿拾取，每当这时节，敲壳的声音常把山林中的宿鸟给惊醒。这稀有的天物，仙界应该派职事人员来看守吧？可及时摘取进献给天庭呢！"璚(qióng)"，同"琼"。琼英，即玉英，为玉之精华。道教以为服食可以长生，唐代徐敞《赋得金茎露》诗云："武帝贵长生，延年饵玉英。""仙吏"，仙界的职事者。"荐"，进献。"层城"，神话传说中昆仑山上的高城，北魏郦道元《水经注·河水一》："昆仑之山三级：下曰樊桐，一名板桐；二曰玄圃，一名阆风；上曰层城，一名天庭，是为太帝之居。"此指天庭。

一种山果，诗人写来风生水起。颈联"堕石樵儿拾，敲林宿鸟惊"，最是出趣。忽又转意此物只应天上有，于是翻倒笔调，道是"亦应仙吏守，时取荐层城"，颇近谐谑。

鞠 侯

何事鞠侯名，先封在四明？
但为连臂饮，不作断肠声。
野蔓垂缨细，寒泉佩玉清。
满林游宦子，谁为作君卿？

"鞠侯"，山崖上一块形似俯身之猴的岩石名，在雪窦之西的徐凫岩。"侯"，谐音"猴"，古人镌刻"鞠侯岩"三字于岩壁上。黄宗羲《九题考》云："九曰鞠侯。雪窦西十五里为徐凫山，有鞠侯岩，以其形似，凿字名之。攒峰割日，哀瀑崩云，诚奇地也。"

本诗利用谐音，在"侯""猴"二字上做文章。用拟人手法，赋予石

● (宋)易元吉《猿猴摘果图》

猴以灵性和可贵的品质。

　　首联"何事鞠侯名,先封在四明",谓什么缘故使鞠侯在四明山被封为侯呢？起即发趣,引人思考,能解者会心自乐。"封"字扣"侯"字,封侯。

　　颔联"但为连臂饮,不作断肠声",谓鞠侯作为"侯",俯身在山崖上,是为了助力猴子们连臂饮水吧,它才不作断肠之声呢！此赞美鞠侯之领袖品质。"连臂饮",指猴群从高处连臂垂下,以饮涧水。"断肠声",指猴子的哀鸣。典出《世说新语·黜免》："桓公入蜀,至三峡中,部伍中有得猿子者,其母缘岸哀号,行百余里不去。遂跳上船,至便即绝。破视其腹中,肠皆寸寸断。"

颈联"野蔓垂缨细,寒泉佩玉清",谓鞠侯长期蹲在悬崖边,它的头上野蔓悬垂,如同冠带细细飘扬;它的身边寒泉叮咚,如同佩玉发出清响。此描绘为"侯"者戴冠佩玉的形象、风度,以符合其身份地位,既十分形象,又紧扣了"鞠侯岩"的景物环境,甚是有趣,诗人真大作手也!"缨",系冠的带子。"细",此字下得妙,细则能轻扬,三国魏曹植《七启》:"华组之缨,从风纷纭。"

尾联"满林游宦子,谁为作君卿",谓鞠侯是好客的,那么来到山林的游人,是谁作了你"侯门"的上客呢?"游宦子",指游人。"君卿",西汉楼护,字君卿。此处用指侯门上客。据《汉书·游侠传》载,齐人楼护,博学善辞令,与人结交,极受敬重,为京兆吏时,经常出入王谭等"五侯"之门,被待为上客。

本诗巧用"猴""侯"音、义,联想发挥,写来妙趣横生,读之令人莞尔,此亦一篇佳作也。

对陆龟蒙"九题"之解说,至此结束。解诗也是一个学习的过程,笔者初有的疑问也涣然消释,即谢遗尘为何要远去吴中,请陆龟蒙作诗?这同一时期,越地不是也有写诗很不错的诗人吗,还有不少前来四明游观的外籍诗人呢,为何舍近求远,而不请他们作诗?今回过头去,再细味谢遗尘对陆龟蒙说的话,"吾得于玉泉生,知子性诞逸,乐神仙中书,探海岳遗事,以期方外之交,虽铜墙鬼炊,虎狱剑饵,无不窥也",其他诗人还真不具备这所有的条件,这些条件包括诗人与"九题"题材相匹配之情怀趣味、知识储备、胸中丘壑、人生境界、独特诗才等等,缺一不可。想来,谢遗尘应是喜捧"九题"之作,满意而归的!

如果说陆龟蒙作《四明山诗》(即"九题"),是谢遗尘意料中所必得的,那么皮日休所作的"九题",则完全是个意外的收获。

皮日休

> 皮日休（约834—约883），字逸少，又字袭美，襄阳竟陵（今湖北天门）人。隐居鹿门山，号鹿门子。又号间气布衣。嗜酒癖诗，故又有醉民、醉吟先生等号。咸通八年（867）登进士第前，已自编诗文集《皮子文薮》。咸通九年游苏州，咸通十年被苏州刺史崔璞辟为军事判官。与陆龟蒙结交唱和，陆编二人唱和联句诗为《松陵集》。今存《皮子文薮》十卷，《全唐诗》编其诗为九卷。

奉和鲁望四明山九题

石　窗

窗开自真宰，四达见苍涯。
苔染浑成绮，云漫便当纱。
棂中空吐月，扉际不扃霞。
未会通何处，应连玉女家？

这组奉和陆龟蒙"九题"的五言律诗，最早被陆龟蒙收入《松陵集》中，标题省"鲁望"二字。

《石窗》一诗，首联"窗开自真宰，四达见苍涯"，谓石窗应是真宰开创于造物之初；从其四面窗中往外望，都能见到远近的苍翠山崖。前句写石窗与大地同悠久，所谓天工之物；后句写四窗视野皆朗阔，开启中二联写景。"真宰"，宇宙万物的主宰，即造物主。"四达"，四窗洞达。

颔联"苔染浑成绮，云漫便当纱"，谓万古苔斑点染，浑成绮窗；不时云雾漫遮，便当轻纱。颈联"棂中空吐月，扉际不扃霞"，谓夜晚里，常见窗格中悬挂着明月；清晨，窗扇的缝隙处透进霞光。中二联选取苔、云、月、霞意象，分别与石窗组合，从色彩、动静、时间、内外视角等方面刻画石窗光景，生动，传神。"棂中"，指窗格中间。"空吐月"，谓凭空吐出月亮。"吐月"构词生动，皮日休之前，唐人已识其妙而屡用之，如"松梢半吐月"（苏颋《兴州出行》）、"云峰吐月白"（张说《清远江峡山寺》）、"松暝已吐月"（李白《自巴东舟行经瞿唐峡登巫山最高峰晚还题壁》）、"水烟晴吐月"（岑参《江行夜宿龙吼滩临眺思峨眉隐者兼寄幕中诸公》）、"四更山吐月"（杜甫《月》）等等，参见这些诗句，可知皮日休取用之贴切。"扉际"，与"棂中"对仗，指窗扇的合缝之处。"扃"，关闭。"不扃霞"，谓关不住霞光。

尾联"未会通何处，应连玉女家"，谓不知石窗洞穴有多么幽深，应该与仙女的住处相连通的吧？此呼应陆诗"宫便接方诸"，以兴致作结，留下余味。"会"，知晓。"玉女"，仙女。

唱和之诗，忌亦步亦趋。既要关联原唱，又要从原唱跳脱出来，实属不易。该诗之长，正在其灵动，足与原唱并存不朽。

过　云

粉洞二十里，当中幽客行。
片时迷鹿迹，寸步隔人声。

以杖探虚翠,将襟惹薄明。

经时未过得,恐是入层城。

　　首联"粉洞二十里,当中幽客行",谓"过云"浓雾弥漫,幽人走在二十里山径上,如同在粉洞中穿行。首二句扣题,并开启中二联。"粉洞",白色的洞。此喻极妙。"幽客",幽人,指隐士。

　　颔联"片时迷鹿迹,寸步隔人声",谓鹿刚经过所留的痕迹,片刻间就迷糊不清了;人与人之间仅距离寸步,却只能闻声而看不见对方。此极言雾之浓,以视、听来表现。颈联"以杖探虚翠,将襟惹薄明",谓以手杖探路,用襟袖拂雾。此极言路之难行,在浓雾中摸索前进,以行为来表现。"虚翠",指蒙着浓雾的路边草木丛。"薄明",指光线微明的

●(五代)董源《洞天山堂图》

云雾。

尾联"经时未过得,恐是入层城",谓二十里云路,历时很久都未过完,恐怕已经走入层城上了吧?"经时",历久。"层城",神话传说中昆仑山上的高城,神仙所居。

全诗句句就题目发挥。诗人虽不曾亲历,却情景无悖,且能引人入胜。前称"幽客",后结"层城",亦自然顺接,不显突兀。

云　南

> 云南背一川,无雁到峰前。
> 墟里生红药,人家发白泉。
> 儿童皆似古,婚嫁尽如仙。
> 共作真官户,无由税石田。

因陆龟蒙诗《云南》写其风物和居民生活,皮日休此诗便顺意发挥。

首联"云南背一川,无雁到峰前",谓"云南"因背着一条河流,所以大雁不会飞越"过云"岭(峰)到"云南"来。(按,这条河流在"云北",陆诗说"云北是阳川";大雁南迁,是选择河流和草实丰富的地方栖息,自然会停留在"云北"的阳川了。那么"过云"这座"回雁峰",俨若一道地理上的屏障,则"云南"的风物和居民生活,都自有特色。)皮诗的首二句,意在表明"云南"的僻远、安宁,并开启下文。

颔联"墟里生红药,人家发白泉",谓村落遍生红芍药,各人家接引来白冷泉。此写环境、物产。颈联"儿童皆似古,婚嫁尽如仙",谓儿童们都似古代的淳朴模样,婚嫁男女打扮得如同神仙。此写风俗、社会生活。

尾联"共作真官户,无由税石田",谓人家户籍都属仙官管辖,不需要交纳种田地的税赋。意即这是一个人间官吏管不到的地方,无官家之侵凌、盘剥。"真官",仙人中有官职的人,即仙官。"石田",指山中多石的田地。虽不够肥沃,但无税赋,亦能丰衣足食。

读者应知,皮日休和陆龟蒙其实是非常关心民瘼的作家,他们的小品文反映现实,揭露社会问题,被鲁迅先生称赞为"是一塌糊涂泥塘里的光彩和锋芒"(《小品文的危机》)。这首诗歌,诗人把四明山的"云南"理想化为一个"桃花源"式的环境,红药、白泉,生态极佳;居民生活自足自在,祥和美好。它反映了诗人的美好愿望,而一句"无由税石田",道出社会政治、经济这个根本原因,实际上隐含着对现实的批判。

云　北

云北昼冥冥,空疑背寿星。
犬能谙药气,人解写芝形。
野歇遇松盖,醉书逢石屏。
焚香住此地,应得入金庭。

首联"云北昼冥冥,空疑背寿星",谓"云北"这个地方,有时(因云雾漫来)白天也比较昏暗,只疑是夜晚里背靠在老人星下。此意在表达这是一个受老人星庇护的安宁、长寿之乡。"空",只。"寿星",即老人星,其亮度仅次于天狼星,是全夜空第二亮恒星。它只在短暂时段出现于南天低空地平线上,又名南极星。古代星占家以之为福星,星现则主太平,主长寿,故又称为南极老人。《史记·天官书》:"狼比地有大星,曰南极老人。老人见,治安;不见,兵起。"张守节正义:"老人一星,在弧南,一日南极,为人主占寿命延长之应。"唐代诗人用之,主长寿,如杜甫《咏怀二首》说:"结托老人星,罗浮展衰步。"主太平,如李频《府试老人星见》云:"海内逢康日,天边见寿星。"

颔联"犬能谙药气,人解写芝形",谓连"云北"人家养的狗,都熟悉了仙药的气息;这里的居民,都能摹画灵芝的形状。此意在表达这里盛产仙药(植物的、矿物的)、灵芝,具备修道成仙的物质条件。(按,皮日休另有诗表明他确知四明山出产名药,其诗题曰《重玄寺元达,年逾八十,好种名药。凡所植者,多至自天台、四明、包山、句曲。丛翠纷糅,各可指名。余奇而访之,因题二章》。)

颈联"野歇遇松盖,醉书逢石屏",谓野游休憩,随时可遇高大的松盖以遮阴;醉酒题诗,到处可逢如屏的石壁以挥毫。意在表达此处生活,易得闲适隐逸、潇洒自在之趣。

尾联"焚香住此地,应得入金庭",谓在此焚香长住,可以成仙升天。皮诗"九题",多以仙事为结,寄兴幽远。"金庭",仙人所居,此泛指仙界。

对比陆龟蒙同题诗,更觉皮日休全凭虚拟,着意把"云北"描绘成一方福地,极见文人情思。

(清)汪士慎《墨松图》

鹿　亭

鹿群多此住，因构白云楣。
待侣傍花久，引麛穿竹迟。
经时掊玉涧，尽日嗅金芝。
为在石窗下，成仙自不知。

首联"鹿群多此住，因构白云楣"，谓鹿群多喜欢来此住留，是因为仁善的孔祐在此山间为它们构建了常有白云缭绕的鹿亭。此赞构亭之人的功德。"因"，因为，缘由。"楣"，本义为屋檐口椽端的横板，高亭的这个部位，是常常可见霞光辉映、白云缭绕之处，南朝宋谢灵运《山居赋》便有言："因丹霞以赪楣，附碧云以翠椽。"皮诗以"楣"代指鹿亭。

颔联"待侣傍花久，引麛穿竹迟"，谓群鹿之先至者为等待伴侣，久留在亭前的花丛边；后至者因引领幼鹿穿越茂密的竹林，而来迟了。此既赞群鹿之友爱品质，是对《诗经·小雅·鹿鸣》题旨的发挥，也间接写出鹿亭之花、竹的美好环境，而这花、竹都是建亭者为群鹿所特意培植。

颈联"经时掊玉涧，尽日嗅金芝"，谓群鹿在鹿亭附近分散开来，自由自在活动，有的喜欢香泉，长时间俯卧在玉涧边；有的喜欢金芝，整天待在草地嗅吸着它的气味。这些鹿子们口味方面的喜爱之物，都是建亭者为它们费心经营的。参见前文对陆龟蒙"草细眠应久，泉香饮自多"的解说。"掊"，通"踣（bó）"，本义为向前扑倒，此指鹿子临水，前肢跪下的俯卧姿势。《御定渊鉴类函》卷四百三十之"鹿五"引皮日休本诗，即作"经时踣玉涧"。

尾联"为在石窗下，成仙自不知"，承接颈联饮玉涧之水，吸芝草灵气,谓又加之处于"仙境"石窗的下方,所以群鹿在不知不觉中就成仙鹿了。

　　本诗正面写鹿和鹿亭,侧面间接写建亭之人的功德。南朝孔祐建鹿亭,其实未必经营了与鹿相关的配套工程。诗人根据该亭的用途,凭想象虚拟了花丛、竹林、玉涧、金芝,甚至拉来石窗景观,这样做,并无不妥之处。通常,亭属于中国传统园林建筑,纵观园林发展史,至唐代,亭一般不是孤立一物,而往往有相映带的组合景观。组合景观或因借自然物,或人工营造。诗人如果未见实景而咏之,意兴所至,大可根据自己对同时代园林艺术的认知,并考虑吟咏对象的需要,凭空"设计",任意添置。园艺家和诗人,其实同是具有"诗心"的人;只不过园艺家用物质为材料,而诗人用语言为材料,他们都共同追求意境。赏会园林的最高境界,便是抉发出它的意境来。所以,诗人最是园艺家的知音,园艺家最需要诗人抉幽发微。难怪乎自古以来的中国园林,都欢迎诗人的光临、书写。黄宗羲《九题考》重实物、实境考证,他批评指出:"陆、皮不原故事,泛稽物态,引麇穿竹,又何当也? 皮诗谓〔鹿亭〕在石窗下,失其地矣。"我们赏会皮、陆之诗,则不必如此拘泥实物实境,否则就会陷于诸如"滕王阁怎可见闻'渔舟唱晚,响穷彭蠡之滨;雁阵惊寒,声断衡阳之浦'""寒山

●（清）沈铨《柏鹿图》

皮日休

寺夜半是否敲钟"等类似的争议之中。

樊 榭

主人成列仙，故榭独依然。
石洞哄人笑，松声惊鹿眠。
井香为大药，鹤语是灵篇。
欲买重栖隐，云峰不售钱。

首联"主人成列仙，故榭独依然"，谓樊榭的主人早已成为仙人，故榭却依然独存人世间。语近崔颢"昔人已乘黄鹤去，此地空余黄鹤楼"，但立意有所不同。此开篇切题，浓缩故事。参见前文对陆龟蒙同题诗的解说。

颔联"石洞哄人笑，松声惊鹿眠"，谓石洞中传出奇妙之音，引人发笑；松涛声起，惊扰了鹿的睡眠。此"再现"樊榭环境景物。虽写声音，总是天籁，衬托清幽。

颈联"井香为大药，鹤语是灵篇"，谓丹井溢出香气，应是樊榭主人遗留有金丹在里面吧；白鹤在鸣叫，听去似在吟唱道教的经文呢。此写樊榭至今犹存的修道氛围。"井"，即丹井，修道者炼丹取水的井。唐顾况《山中》："幽人自爱山中宿，又近葛洪丹井西。""大药"，道家所炼的金丹。"鹤语"，鹤的鸣叫。"灵篇"，指道教经文。宋杨亿《寄灵仙观舒职方学士》诗："绿发郎潜不记年，却寻丹灶味灵篇。"苏轼《黄庭经赞》："太上虚皇出灵篇，黄庭真人舞胎仙。"

尾联"欲买重栖隐，云峰不售钱"，谓很想买来这方宝地栖隐修道，何况云峰可观，是不需要另付钱买的。此为由前文的环境氛围，顺势引来的愿望,自然流出,水到渠成。"重(chóng)",再。该词用在这里,有两个含义。其一,指前有樊榭主人在此隐居修道成仙,今我来栖隐,则可"重"为第二人也。其二,诗人早年曾隐居过鹿门山,今欲隐居四明樊榭,为第二次隐居,故曰"重"。末句"云峰不售钱",此语甚有趣,其意如今之俗语"合算""赚了"。诗人赏会云峰的兴致,或许不在修道之下呢!

曾栖隐于烟云泉石之间的"鹿门子",今虽未至樊榭,却难不住写樊榭的"现状",情韵所至,神明自主,略以本事为依傍,稍取仙道经典意象,写来一片化机,烛照出诗人清莹的内心世界。

(明)边景昭《雪梅双鹤图》

潺湲洞

阴宫何处源,到此洞潺湲。
敲碎一轮月,镕销半段天。
响高吹谷动,势急歕云旋。
料得深秋夜,临流尽古仙。

首联"阴宫何处源,到此洞潺湲",谓阴宫中的水源不知来自何处,流出这山洞,潺湲不绝。开篇扣题,以其名实之相符为构想。且"何处"一词,渲染其神秘。"阴宫",地下宫殿,此指洞穴。"源",《全唐诗》作"渊"。陆龟蒙编《松陵集》、宋孔延之编《会稽掇英总集》均作"源",今从之。"潺湲",水流貌,亦水声,此处亦扣洞名。

中二联便在"潺湲"一词上着意,一写潺湲之貌,一写潺湲之声,极尽诗意刻画之能事。

"敲碎一轮月,镕销半段天",谓一轮明月的倒影,敲碎在清波间;半段天空的投照,镕销在流水里。此联通过天空倒影遭到"破坏"的景象,传神地刻画出流水"潺湲"之貌。"敲碎"一词,令人联想到明月的玉盘之喻,玉盘完整,须是静水;水波荡漾,则玉盘被"敲碎"。"镕销"一词,使人把水的鉴照、溶浸功能集合起来浮想,水流影乱,则天空的颜色、星辰、白云等,都"镕销"其间。二词富于张力,把流水"潺湲"的动感、力度传达给了读者。

"响高吹谷动,势急歕云旋",谓水声大,回响高远,仿佛把整个山谷都给震动了;流势急,喷吐云雾,满山满谷缭绕。此联生动地描绘出流水"潺湲"的声音效果和奔流气势。"歕(pēn)",同"喷"。

尾联"料得深秋夜,临流尽古仙",料想每当深秋的夜晚,仙人们便在此临流欢聚。这个结尾,点化出潺湲洞为仙道之秘境,引人遐思、神往。

诗歌是语言的艺术。本诗颇见诗人的语言艺术功底,具体表现在对"潺湲"语义的准确把握和"潺湲"诗意的精切表现上。同时,对故事亦有所关合,并未游离在唱和本事之外。

青棁子

山风熟异果,应是供真仙。
味似云腴美,形如玉脑圆。
衔来多野鹤,落处半灵泉。
必共玄都柰,花开不记年。

首联"山风熟异果,应是供真仙",谓在山风年复一年吹拂中成熟的这种奇异果实,应是供给仙人享用的吧。此开篇即从四明山自然化育出异果的角度给予赞美。

颔联"味似云腴美,形如玉脑圆",谓它的味道似云腴般清香甜美,形状如玛瑙珠般光洁圆润。此在给人一种形象直观的味觉体验和审美感受。"云腴",字面意思是云的脂膏。云自然是无脂膏的(正如仙家"餐霞"之类也是一种想象),最初,道教以其美名作为一种仙药的名称。南朝梁陶弘景《登真隐诀》云:"云腴之味,香甘味美,强血补骨,守气凝液,镇生五藏,长养魂魄,真上药也。"后来,世间又以其美名、"美味"为喻,以称好茶、美酒。那么,皮日休此处"云腴"之义到底是指什么呢?参照陆龟蒙原唱"中味敌璚英","璚英"指玉之精华,道教以为服食可以长生，因此皮诗"云腴"亦当作服食的仙药来理解，且照应上句"应是供真仙"。"玉脑"，即玛瑙。

颈联"衔来多野鹤，落处半灵泉"，谓这果实多是由野鹤衔来供给仙人，所落之处大半是在仙人活动的灵泉边。此具体表现首联"供真仙"之意，连"供"的方式也独特、有趣，是野鹤衔来；"供"的地点，是四明山中的某些泉水边，则这一思致与《潺湲洞》"料得深秋夜，临流尽古仙"吻洽。

尾联"必共玄都柰，花开不记年"，谓这种奇异果木如同仙界的柰果树一样，花开在哪一年，都无人记得了。此意在称美青棍子只有仙果可比。仙果不同凡果，例如仙桃，传说西王母之蟠桃果树，上千年开花，上千年结果，上千年成熟。班固《汉武帝内传》载：西王母与汉武帝仙桃四枚，"桃味甘美，口有盈味，帝食辄收其核。王母问帝，帝曰：'欲种之。'母曰：'此桃三千年一生实，中夏地薄，种之不生。'帝乃止"。唐韦应物《王母歌》"海畔种桃经几时，千年开花千年子"，便是化用其典。"玄都"，传说中的神仙所居之处。"柰"，一种果木名。"玄都柰"，指仙界的一种仙果。

中二联甚佳，不在其"真实"，而在其美感。全诗亦颇浑融。

（清）沈铨《松鹤图》

鞠 侯

堪羡鞠侯国,碧岩千万重。
烟萝为印绶,云壑是堤封。
泉遣狙公护,果教狲子供。
尔徒如不死,应得蹑玄踪。

首联"堪羡鞠侯国,碧岩千万重",谓真羡慕四明山这方鞠侯的领地,碧岩层叠,碧峰连绵。"国"字扣"侯",指侯爵的封地。四明山号称二百八十峰,周回八百里,"碧岩千万重"句包含着高度和广度,即不仅称其高峻,也言峰峦之连绵(意同"万重山")。这里是鞠侯的独立王国,猴群的乐园。

颔联"烟萝为印绶,云壑是堤封",谓烟萝好似鞠侯系印的绶带,云壑都是它统辖之内的疆域。"印绶",系印的丝带。"堤封",疆域、版图。

颈联"泉遣狙公护,果教狲子供",谓山泉派狙公守护,山果令狲子采供。"狙公",犹"猿公"(或"猿父")。此处"狙公"不能按今所有通行辞书解释为"养猿猴的老人"之义。养猿猴的老人怎么会被鞠侯派去守泉水呢?于义不通。被派为守护山泉者,应仍是猴类。晋左思《吴都赋》:"其上则猿父哀吟,狲子长啸。"此中"猿父"正是与"狲子"对举。"猿父"即"袁(猿)公",《文选》本句李善注:"《吴越春秋》曰:'越有处女,出于南林之中,越王使使聘问以剑戟之事。处女将北见于越王,道逢老翁,自称袁公,问处女:吾闻子善为剑术,愿一观之。女曰:妾不敢有所隐,唯公试之。于是袁公即跳于林竹,槁折堕地,处女即接末,袁公操本以刺处女,女应节入,三入,因举枝击之,袁公即飞上树,化为白

● (宋)佚名《蛛网攫猿图》

猿,遂引去。'"可见"猿公"武艺高强,护泉正当其用。且此"猿公"故事发生于越地,皮日休本诗取以用于四明山猿猴,极为恰切。"猱",即山猱,猿猴的一种。

尾联"尔徒如不死,应得蹑玄踪",谓四明山的猴子们如果不死,应该能够得道成仙的。"尔徒",尔类,指猴群。"蹑",履,追踪。"玄踪",指道家玄妙的踪迹。该词被信手拈来用于写四明山,亦甚为恰切,极见诗人学问——此乃化用晋人孙绰《游天台山赋》:"追羲农之绝轨,蹑二老之玄踪。"以及唐孟浩然《宿天台桐柏观》:"高步凌四明,玄踪得二老。"二老,指老子、老莱子,均道家和道教人物的代表。天台、四明,同多仙道之玄踪。

　　本诗借题发挥,写四明山鞠侯统领下的猴群国度。诗中猴性与人性兼容。猴性,扣题;人性,是诗人意识中的一种人类社会形态的反映。

　　皮日休的四明山《九题》,几乎都在诗歌的结尾升华出仙道意境,对渲染四明山的仙山地位,起了极大的作用。

　　尽管皮陆二人足不及四明,没有亲眼看见九种景观,所写未必符合实景,但平心而论,他们各自的"九题"是发挥得相当不错的,很有意境。受其影响,后世来游者,不乏按诗觅迹、亲历考察、再为咏叹的——虽然有的景观已寻觅不到,不必凑成九题之数。历代积淀下来咏其中某些景观的作品,数量也不少。皮陆之作导其先,厥功至伟;而且,后人之作虽多,今细读起来,其艺术性竟不能过之。嗟乎!唐诗之不可及者,正在意兴。后人拘泥于实,缺乏灵动之致,难入皮陆之雁行。

崔道融

> 崔道融(？—约907)，荆州(今湖北江陵)人，唐末避乱寓居永嘉(今浙江温州)，自号东瓯散人。昭宗时曾出为永嘉令。与司空图、方干等为友。著有《申唐诗》《东浮集》，不传。《全唐诗》存诗一卷。

雪窦禅师

雪窦峰前一派悬，雪窦五月无炎天。
客尘半日洗欲尽，师到白头林下禅。

本诗"雪窦禅师"指谁，难以确定，参见前文对方干《题雪窦禅师壁》的解说。不排除与方干诗中的雪窦禅师是同一人；但是因为崔道融比方干去世晚近20年，与恒通禅师去世年代相近，因此也有可能指恒通。

这是一首古体七绝。通过雪窦寺的清凉环境和诗人自身的体验，烘托禅师的修为境界。

雪窦寺最著名的自然景观是千丈岩瀑布，晋代建寺时其址即在瀑布口，故以"瀑布"为院名。唐会昌元年(841)移建山麓后，初期也仍名"瀑布院"，后改称"雪窦禅寺"。前二句"雪窦峰前一派悬，雪窦五月无炎天"，抓住瀑布形成凉爽的空气流动的特点来写，两句构成因果关系。

"一派悬",刻画出一道瀑水飞流直下景象,将其体量、高度、形象置人目前,具有视觉冲击力。"五月",既点明诗人来游的时间,也是唤起人的生活经验中"炎天"感受的一个具体时段。"五月无炎天",一年中这个时段出现最炎热的天气,可是在雪窦寺这里却不会感受到。这是瀑布之功。此外,"雪窦"意象本身所含有的清凉意蕴,也被诗人抉发——本来,绝句字数少,最要惜墨如金,诗人却重复使用"雪窦"一词,这是有心为之的,加强其凉意。

除了环境的清凉,禅寺本身又是清凉之地,使人生清凉之心。王维《夏日过青龙寺谒操禅师》诗有言:"莫怪销炎热,能生大地风。"裴迪同咏亦云:"烦暑自兹退,清凉何所求。"雪窦寺则是环境清凉和禅寺清凉

● 千丈岩瀑布

和谐统一的一方宝地。

就游者而言,瀑布带来清凉,"雪窦"意象带来清凉,这还是来自外部的力量。更有来自内心的力量,那便是在此清凉之地如受洗礼,拜谒禅师,更觉清净幽寂。后二句"客尘半日洗欲尽,师到白头林下禅",一写诗人澡雪,一写禅师禅寂。"客尘",既指此来登山之尘劳,也指此前半生的世俗尘心。谓"我"到此仅半日,"客尘"几乎被"洗"尽,那么禅师长期在此林下修行,以至白头,则禅寂到何等境界!

吕 岩

> 吕岩(生卒年不详),传说中的八仙之一,字洞宾,号纯阳子,河中府(今山西永济)人。咸通(860—874)间应进士试不第,隐居华山。后遇隐士钟离权,被授予金丹大药方,遂成仙。然唐代载籍不见其事,故唐代是否实有其人,不可确知。世传其诗颇多且杂,或为五代以后人所伪托。

题四明金鹅寺壁

方丈有门出不钥,见个山童露双脚。
问伊方丈何寂寥,道是虚空也不著。
闻此语,何欣欣,主翁岂是寻常人。
我来谒见不得见,谒心耿耿生埃尘。
归去也,波浩渺,路入蓬莱山杳杳。
相思一上石楼时,雪晴海阔千峰晓。

清人褚人获辑撰《坚瓠集》第五集卷一:"吕真人一日游四明金鹅寺,顾方丈萧然,有童子出,吕问:'此何寥寥?'童曰:'莫道寥寥,虚空也不著。'吕嘉其言,题诗于壁云……"《全唐诗》收录此诗,诗题作《题四明金峨寺壁》。

"四明金峨寺",在今宁波市鄞州区横溪镇西南,唐代高僧百丈怀海禅师（约720—约814）于唐大历元年（766）建。始称"罗汉院"，宋治平元年（1064）赐额"金峨山真相寺"。

这是一首歌行体诗。"方丈有门出不钥，见个山童露双脚"二句，首先叙写游寺所见。谓来游访寺院，不巧住持外出了，门也未上锁；只有一个露着双脚的童子，出来应答。"方丈"一词，语境不同，可称寺院、住持的居室、住持。本诗中，两处"方丈"，要灵活理解。此处可解为住持的居室。"不钥"，未锁门，写出寺院的空寂景象。称童子为"山童"，"山"字特显其朴素、乡土气。

"问伊方丈何寂寥，道是虚空也不著"二句，写对话。诗人问山童，寺院为何这么寂寥？山童回答，别说是寂寥，就是虚空，我们也不执着于它（谓不当回事）。此处"方丈"，可解为寺院。"虚空"，旷野，无人之处。化用《庄子·徐无鬼》："夫逃虚空者，藜藋柱乎鼪鼬之径，踉位其空，闻人足音跫然而喜矣。""不著"，不执着，无挂碍。南朝陈徐陵《东阳双林寺傅大士碑》："上善以虚怀为本，不著为宗。"宋梅尧臣《寄隐静山怀贤长老》："高僧心不著，一似五峰云。"童子的智识和修为，衬托出住持极高的精神境界。

"闻此语，何欣欣，主翁岂是寻常人。我来谒见不得见，谒心耿耿生埃尘"，谓我听了童子这番话，多么欣喜；童子尚且如是，住持岂是寻常之人呢！我本为谒见住持而来，却不得见，与童子对话后，想要谒见住持的欲望愈加强烈。"耿耿"，指谒心牵萦。"生埃尘"，形容生凡心，谓竟然产生尘世之人的常情。"仙"人，本不当如此；已然如此，则因深深服膺于住持的境界。

"归去也，波浩渺，路入蓬莱山杳杳。相思一上石楼时，雪晴海阔千峰晓"，谓我只能无奈地归去，踏上那烟波浩渺、通往幽远的蓬莱山的路途。祈愿今后每当我因思念而登楼眺望时，雪晴海阔、千峰可视。即希望能眺见金峨山，聊寄相思。"杳杳"，幽远貌。"石楼"，此指蓬莱山上的楼台。

这首诗,托"蓬莱山"仙人身份,游寺访僧,折服于僧人修行的精神境界。四明自古为佛、道两家共栖之地,自有交集,作者或有意图,此不置评。

● 金峨寺

吕 岩

贯 休

> 贯休(832—913),俗姓姜,婺州兰溪(今浙江兰溪)人。七岁即出家。青少年时期,游迹颇广。后值唐末社会动荡,流滞多地。晚年入蜀,为王建所重,赐号"禅月大师"。卒于蜀。工诗画,有《禅月集》及罗汉图(宋人摹本)传世。

怀四明亮公

孤峰含紫烟,师住此安禅。

不下便不下,如斯太可怜。

坐侵天井黑,吟久海霞蔫。

岂觉尘埃里,干戈已十年。

"四明亮公",即僧宗亮,见前文解说方干《贻亮上人》诗的"亮上人"介绍。贯休比宗亮约小13岁,据二人生平推断,贯休结识宗亮,应是其早年漫游至明州时。本诗是后来思念宗亮所作,其首句"孤峰含紫烟",景象取自宗亮在奉化家山为僧时的环境。这个景象应是贯休游明州结识宗亮时所熟悉的,而保留在了脑海中。因为自国宁寺于大中五年(851年,其时贯休19岁,宗亮32岁)建成后,宗亮便一直住此寺了。而此寺在位于三江口的明州城中,并无"孤峰含紫烟"景象。

本诗除"不下便不下"(五仄字)一句,均符合五言律诗的格律。前二联写亮公安禅的坚定意志。宋赞宁《宋高僧传》卷二十七《唐明州国宁寺宗亮传》载，宗亮"家傍月山而居，后称月僧焉……属会昌之难，便隐家山深岩洞穴"，也就是说，遇会昌之难，宗亮也未"下山"还俗。贯休本诗的记叙，与后来《宋高僧传》的记载极相吻合，可见贯休对亮公的了解极深。"不下便不下"这句口语，掷地有声。极有可能是会昌灭佛时，僧众解散还俗，而亮公却坚定不移的自我表述。贯休为了保持原汁原味，将此语用于诗中，宁可违反格律，也绝不易其一字。（按，唐人在格律方面其实是比较通融的，后人倒是一味死守教条。）宗亮人品如此之高和奉佛意志如此坚定，后来佛教复兴，"国宁寺征选清高者隶名，亮预住持"，可谓以德配位，实至名归。"可怜"，谓可叹、可爱慕。

颈联"坐侵天井黑，吟久海霞蔫"，谓亮公坐禅，常常从早上到天晚；亮公夜吟，常常直到天明。前句言安禅入定，后句言吟诗任兴。宗亮之安禅境界，可参见前文对方干《贻亮上人》诗的解说；宗亮好吟，乃一诗僧，《宋高僧传》也有记载说："亮恒与沙门贯霜、栖悟、不吟数十人，皆秉执清奇，好迭为文会，结林下之交。撰《岳林寺碑》、《诗集》三百许首，赞颂并行于代。"参见前文对其人的介绍及其诗歌的解说。"侵"，渐进。"天井黑"，指院子中光线暗下来。"海霞蔫"，海霞消散，指天明。

尾联"岂觉尘埃里，干戈已十年"，谓岂料尘世间战乱已经十年之久了，不知何时能再与亮公相见。此回应题目，表达思念之情。尤其是置于战乱背景之下来看，此情愈见其深。揆之世风，战乱而人且自顾不暇；贯休、宗亮，皆方外之人，却有这般牵念，孰谓情之不厚？"干戈"，指战争。

本诗能抓住宗亮奉佛之坚定、坐禅之专注、好吟之情趣写来，这确实是宗亮人格的最大亮点，后来史家所作传记，也大致是这些内容，可见贯休为宗亮知己，交情不浅。"怀"字为题，非虚设焉！

寄四明闾丘道士二首

淮海兵荒日，分飞直至今。
知担诸子出，却入四明深。
衣必编仙草，僧应共栗林。
秋风溪上路，应得一相寻。

三千功未了，大道本无程。
好共禅师好，常将药犬行。
石门红藓剥，柘坞白云生。
莫认无名是，无名已是名。

"闾丘道士"，姓闾丘，其名与生平等俱不详。这是两首五言律诗。

第一首，谓我们分别于扬州兵荒马乱的时候，直到现在还未见面。你那时担负着带领儿女走出危区的责任，回到了家乡四明山深处。我猜想你会在山中坚持修行，你所穿着的道衣一定是仙草编制而成的；你肯定和邻近的僧人相处得不错，应与他们共同享有一片栗林吧。待到秋风吹拂的时节，我应该能够到达四明，沿着溪路来寻找到你的。

"淮海"，指扬州，《尚书·禹贡》："淮海惟扬州。""担"，担负责任。"诸子"，或指闾丘道士的子女，或指闾丘道士的诸位道友，姑且取前者。"却"，返回。

本诗叙述离别原因，推想闾丘道士归四明后的生活状况，告知秋天将要到访的消息。

第二首，谓修行的众多功夫还未完成，何况大道本来是没有长度规定的。我猜想你在四明山中,喜欢与禅师交友,也常常带着药犬去采药。你的隐居地石门,应是布满了红色的苔藓;长有柘木的山坳,时有白云升起。你埋名生活在这么幽深的地方,可莫以无名为是,我不会找不到你的,因为无名已经是名了。结尾颇有谐趣。

"三千功",指教徒所要完成的众多修行内容。"剥",侵蚀,裸露。"药犬",指专门驯养的能帮助采药之人嗅出药味的犬。"石门""柘坞",未必为实指。但四明山余姚境内确有石门山、柘岙。黄宗羲《四明山志》卷一"石门山"条载:"石壁对峙若门,束流于下,劣容一人矼而过也……唐大理丞孔殷,避黄巢之乱于此。"是一处唐末人选择避乱隐居的地方。且石门山有寺,《四明山志》卷二"石门寺"条载:"唐景福二年立。"这些情况也符合贯休诗中所写的闾丘道士隐居石门的环境,但不必一定讲实为此地。石门山在今余姚市陆埠镇。

本诗描写闾丘道士在四明山中隐居的生活情况和幽僻环境,并表示自己一定会去找到他的。

以上两首诗歌很有意思,它表明,僧人和道士,宗教信仰虽然不同,但作为人,是可建立深厚的友谊的。贯休诗中,多见与道人的交往。

(清)王翚《溪山访友图》

乐仁厚

> 乐仁厚（约839—？），明州（今宁波）人，唐昭宗时（889—904）曾为刑部尚书兼御史大夫，镇东节度使。《全唐文》卷九十一有昭宗《赐镇东军押衙乐仁厚敕》："镇东军节度使左押衙充明州都押衙银青光禄大夫检校刑部尚书兼御史大夫上柱国持节辩州军事乐仁厚，居总大藩之万里，出扬阜俗之双旌。况辩州昭五岭之冲，南浦控三峡之要，俾尔勋忠，列于奏荐。隼飞万里，熊耀双幡，右副尔知，同安疆域。故敕。"乐仁厚晚年归隐慈溪大隐山。墓在今北仑区小港。

候涛山

蛰龙浮海出，一苇渡江沙。
紫竹迷朝雾，红灯缀晚霞。
半轩明月在，满座好风赊。
妙法僧参处，琉璃映法华。

本诗见清光绪《镇海县志·山川上》。未见各种唐诗补遗收录。

"候涛山"，即今招宝山，在今宁波市镇海区城关，甬江入海口，因潮汐出入可经，古称"候涛山"。

这是一首五言律诗。首联"蛰龙浮海出，一苇渡江沙"，谓候涛山

● 候涛山（李浙东／摄）

如一条蛰龙浮出海面，佛教却也传播到了这座岛上。（按，唐时，候涛山与大陆之间还隔着滩涂，潮汐上涨时滩涂即淹没，后世才逐渐泥沙淤积，完全与大陆相连。）"一苇"，指小船。《诗经·卫风·河广》："谁谓河广，一苇杭之。"因涉及佛教传播，此处"一苇渡江沙"又化用了禅宗祖师达摩一苇渡江的典故。"江沙"，指甬江滩涂。中二联写岛上景物宜人。谓早上，紫竹林迷蒙着雾气；黄昏，红灯笼连缀着晚霞；夜间，半轩明月皎洁无比，满座好风徐徐吹拂。尾联"妙法僧参处，琉璃映法华"，谓僧人参禅的寺庙中，琉璃之光映照《法华经》。"法华"，即《妙法莲华经》，简称《法华经》。

本诗是现存最早的一首咏候涛山的诗歌。后世诗人登临者极多，望海、观日出，赏景流连，咏之不绝。本诗也是一则非常珍贵的史料，即候涛山在唐代已有佛寺，而山志缺载。

徐夤

徐夤(一作"寅"),生卒年不详。莆田(今属福建莆田)人。唐昭宗乾宁元年(894)进士,授秘书省正字。因时局板荡,多经乱离,归闽。闽王王审知一度辟为书记,后隐故里延寿溪。再应泉州刺史王延彬招,复出,入其幕府,凡十余年。终老故里。王延彬《哭徐夤》诗哀之曰:"延寿溪头叹逝波,古今人事半销磨。昔除正字今何在,所谓人生能几何。"

徐夤踪迹比较广泛,与崔道融、罗隐、黄滔等有交游。徐夤与黄滔本是同乡,比黄滔早一年中进士,后又曾同在王审知幕府任职。黄滔、崔道融都有四明之游。徐夤游过浙江,有《游灵隐天竺二寺》诗为证;亦向往四明,曾在《山寺寓居》诗中发出了"终去四明成大道"的心愿,他有可能此前或此后到过四明。

贡余秘色茶盏

捩碧融青瑞色新,陶成先得贡吾君。
巧剜明月染春水,轻旋薄冰盛绿云。
古镜破苔当席上,嫩荷涵露别江溃。
中山竹叶醅初发,多病那堪中十分。

该诗收录在徐夤《徐正字诗赋》卷二。"贡余"二字,指他所见到的这个秘色茶盏原是贡品，但余留了下来。今虽不能确知他于何处见到该物而作此诗，但极大可能是徐夤有四明之行，观过越窑，或在越地人家见到"贡余"的这个秘色茶盏而作。当然，也不排除徐夤了解秘色瓷制作的相关情况后，在越地之外见到该物，作此诗。

"秘色"一词，今存唐诗中仅出现2次。一是前文已谈的陆龟蒙《秘色越器》诗，一是徐夤此诗。陆龟蒙约卒于唐僖宗广明二年（881），则晚唐已有秘色瓷，并有"秘色"之名。陆龟蒙去世二十多年后，唐亡（907）。徐夤在唐亡之前13年中进士，难以断定徐夤此诗所作时间是在"钱氏有国"（908）之后，还是在唐亡之前，因为在晚唐，秘色瓷有可能已是贡品。

陆龟蒙见到秘色越器而想象其"秘色"乃"夺得千峰翠色来"，具有诗意之美，却不涉秘色瓷制作配方、工艺等真实情况。徐夤诗所记"捩碧融青"则不然。

这是一首七言律诗。该诗就秘色茶盏的原料、制作工艺、成品功用、色泽和形态之美等进行记叙和描写刻画，极具史料和审美价值。

首联"捩碧融青瑞色新，陶成先得贡吾君"，写秘色茶盏制作的特殊原料、工艺、色彩美感，以及制成后作为贡品的珍贵。"捩碧融青"，这四个字不简单，诗人挑出制作秘色茶盏最关键的原料加配情况，高度概括，透露了"秘色"由来之最大秘密。"捩"，读 liè，揉搓。"碧"，《全唐诗》误作"翠"，今人引用该诗也一般取"翠"字。当以《徐正字诗赋》"碧"字为是。一字之别，事关重大。"碧青"是一个名词，此处乃拆而用之；"捩碧"，与"融青"同义。"碧青"，是一种浅蓝色的矿土（蓝铜矿），古人取作颜料，又称"白青""鱼目青"。李时珍《本草纲目·石四》释"白青"云："此即石青之属，色深者为石青，淡者为碧青也。今绘彩家亦用。""捩碧融青"，是谓加入碧青原料配制成釉（当然还有其他原料），反复调和融合。是否在瓷泥中也揉入了一定量的碧青，今存疑。

● 荷叶口青瓷碗（宁波大学科学技术学院胡成制作）

● 青瓷碗（宁波大学科学技术学院胡成制作）

釉也好，瓷泥也罢，不是说只要加入碧青原料就能烧制出秘色瓷来，因为还涉及所加原料的分量、取自特殊地域的黏土（内含特有物质）在烧制中产生的化学反应，以及柴火质量（温度）和火候把控（时间）等等综合因素。所以秘色瓷的生产极有难度。

徐夤对秘色瓷的原料配制和制作工艺无疑是有所了解的，所以笔者估计他极有可能到过越窑，观摩过制作过程，因为仅仅观赏秘色茶盏本身是说不出"捩碧融青"的话来的。今人即使目观秘色瓷成品千百遍，也不知其所以。

在徐夤笔下，经"捩碧融青"烧制出来的成品，具有令人赏心悦目的祥瑞之色，是瓷器史上不曾有过的新色，高贵无比，所以进贡朝廷，供"吾君"使用。

中间二联连用比喻，形容曲尽，细致地刻画秘色茶盏的形态、色泽和盛茶景象之美。意象组配极佳，传达出秘色茶盏的精致、高雅来，极具神韵。

颔联"巧剜明月染春水，轻旋薄冰盛绿云"，大意是说，这茶盏仿佛是将天上的明月拿来巧妙地剜挖而成，其色泽与春水般的茶汤之色相交染；轻轻转动薄冰似的茶盏，茶汤热腾的烟缕便如绿云般飘浮。"明月"比喻秘色茶盏，取其光洁度和圆的形态；"春水"比喻茶汤，取其"绿"色之意（古人有"春水绿波""春来江水绿如蓝"等语）；"薄冰"比喻瓷盏之薄质和光润；"绿云"比喻绿色茶汤之热气，如云雾缭绕，此意象在徐夤另一首诗中能得到印证，即《尚书惠蜡面茶》诗中有"冰碗轻涵翠缕烟"句，读者稍加对比玩味，即得之。

颈联"古镜破苔当席上，嫩荷涵露别江濆"，大意是说，盛了茶汤的秘色茶盏边沿青绿，中间清亮，犹如一面拂破了青苔（绿锈）的古圆镜，正对我的坐席放置；又像是一片绿色的嫩荷，容着清露，被摘离了江边，放在我的面前。"濆"，水边。两句比喻雅趣横生，色彩、形象也包蕴在内。

尾联"中山竹叶醅初发,多病那堪中十分",大意谓用秘色茶盏所沏之茶汤,犹如中山和竹叶青这类美酒刚刚酿成,诱人痛饮,可是多病的我哪敢饮至最大量呢?如此则会沉醉不醒。"中山""竹叶",均美酒名。"中山"又名"千日酒",人饮之醉,千日方醒。晋张华《博物志》卷五载:"刘元石于中山酒家酤酒,酒家与千日酒饮之,忘言其节度。归至家大醉,不醒数日,而家人不知,以为死也,具棺殓葬之。酒家计千日满,乃忆元石前来酤酒,醉当醒矣。往视之,云:'元石亡来三年,已葬。'于是开棺,醉始醒。""竹叶"即竹叶青。张华《轻薄篇》:"苍梧竹叶清,宜城九酝醝。"白居易《忆江南》:"吴酒一杯春竹叶。""醅",未经过滤的酒。"发",此处同"酦",发酵。承接颔联把茶水比称为"春水",此处进而把它比喻为发酵的春酒。由春水至春酒,化自李白《襄阳歌》"遥看汉水鸭头绿,恰似葡萄初酦醅。此江若变作春酒……"(后来苏轼《南乡子》词云"认得岷峨春雪浪,初来。万顷蒲萄涨渌醅",同出于此。)"中",中(zhòng)酒,醉酒。"十分",指最大的酒量。尾联借盛茶汤如盛美酒来烘托、夸赞秘色茶盏之美,表达无以复加的赏爱和陶醉之情。

  秘色瓷是宝贵的文化遗产。徐夤这首诗,除了给后人留下秘色茶盏的历史价值、审美价值,还在秘色瓷原料配方、制作工艺等方面启迪今人研发的思路。

黄 滔

> 黄滔(约840—?),泉州莆田县(今福建莆田)人。曾困顿科场二十余年,于唐昭宗乾宁二年(895)举进士。天复元年(901),以监察御史里行充王审知威武军节度推官。工诗文,与诗人罗隐、崔道融、徐夤、吴融等友善。据其《乌石村》和《赠明州霍员外》等诗,黄滔有浙东之游。

赠明州霍员外

惠化如施雨,邻州亦可依。
正衙无吏近,高会觉人稀。
海日旗边出,沙禽角外归。
四明多隐客,闲约到岩扉。

"霍员外",不详。据诗意,应是一位姓霍的朝中员外郎外任明州州官,而以其在朝时官职称之。这是一首五言律诗。

首联"惠化如施雨,邻州亦可依",赞美霍员外在明州的政绩和教化,如施雨露,使百姓受益,连相邻的州县都得以为依靠。"惠化",指地方官员的突出政绩、教化。李白《赠崔秋浦》:"河阳花作县,秋浦玉为人。地逐名贤好,风随惠化春。"李颀《送刘四赴夏县》:"男耕女织蒙惠化,麦熟雉鸣长秋稼。"

● 鼓楼

颔联"正衙无吏近,高会觉人稀",谓霍员外治理下的明州十分安宁,官衙清闲,不见有吏人近前;与霍员外的高会,也无外人打扰。"正衙",官衙正堂。"吏",此指官府中的胥吏和差役。"无吏近",则无事;"觉人稀",则公门清闲。

颈联"海日旗边出,沙禽角外归",谓清晨,海日好似从城墙上的旗帜边升起;傍晚,沙禽从号角声外归来。此因明州城近海临江、诗人寓居城内之故,所见景象特为新奇。上下联皆"诗中有画",是明州古城朝暮时段美景的绝妙写照。

尾联"四明多隐客,闲约到岩扉",谓四明自来多隐客,而与霍员外相约访之。此意在赞美四明环境美好,生活闲适,适宜隐居,同时也含有在此隐居的愿望。此联表明黄滔对四明知之颇深。"岩扉",岩洞门,指隐士所居之处。用"岩扉"一词,颇与四明山"石窗"切合。读者阅读至此,应知黄滔的朋友、同是泉州莆田人的徐夤,就曾发出过"终去四明成大道"(《山寺寓居》)的心愿。所以,黄滔本次来游明州,或非偶然,是有内心之向往为驱动力的呢!

宋人洪迈《唐黄御史公集序》说:"其诗清淳丰润,若与人对语,和气郁郁,有贞元、长庆风概。"本诗亦当此评。

杜荀鹤

> 杜荀鹤(846—904),字彦之,池州石埭(今安徽石台)人。46岁前,屡试不第,而"四海欲行遍"(《自述》)。曾游吴越,对吴越水乡景物的印象非常深刻,其《送友游吴越》云:"去越从吴过,吴疆与越连。有园多种橘,无水不生莲。夜市桥边火,春风寺外船。此中偏重客,君去必经年。"具体看他本人的"经年"游越,就有浙中、浙东等地,作《钱塘别罗隐》《浙中逢诗友》《登天台寺》《题战岛僧居》等诗。他游至四明,被明州刺史钟尚书挽留,深感其情,但因思归,婉言谢绝,而有《别四明钟尚书》诗。

别四明钟尚书

九华天际碧嵯峨,无奈春来入梦何。
难与英雄论教化,却思猿鸟共烟萝。
风前柳态闲时少,雨后花容淡处多。
都大人生有离别,且将诗句代离歌。

"钟尚书",即钟季文(或作"钟文季"),见郁贤皓《唐刺史考》卷一四三。钟季文,明州鄞人,因黄巢之乱,而组织地方武装自卫,中和元年(881)起兵攻占明州。中和三年(883)被朝廷任命为明州刺史,《新唐书·刘汉宏传》:"时(中和三年)钟季文守明州。"《新唐书·昭宗纪》:

"是岁(景福元年,892),明州刺史钟文季卒。"主政明州近十二年。

本诗为诗人从明州回池州前辞别钟季文之作,是一首七言律诗。

首联"九华天际碧嵯峨,无奈春来入梦何",谓自己春来因思念家乡秀美高峻的九华山,竟至其入梦。此为陈述辞别钟尚书的理由。九华山,在池州青阳县境内,山名与李白有关。原名"九子山",李白见其九峰竞秀,有似芙蓉,作诗云:"昔在九江上,遥望九华峰。天河挂绿水,秀出九芙蓉。"(《望九华赠青阳韦仲堪》)后李白遂将此山改名为"九华山",有《改九子山为九华山联句》,云:"妙有分二气,灵山开九华。……青莹玉树色,缥缈羽人家。"生长于本州的杜荀鹤,对此家山情有独钟,遇黄巢之乱,即隐居九华山,自号"九华山人"。"天际",天边,此为诗人漫游在越地,立足于明州而言,心理感觉上九华山屹立"天际"。"碧",谓秀色。"嵯峨",高峻貌。"春",扣"碧"字,也点明今之思归时节。"无奈……何",表示"拿……没办法",此处用为婉言拒绝之意。

颔联"难与英雄论教化,却思猿鸟共烟萝",谓自己因归思之切,所以难以留下来与您共论教化之事,心思只在九华山的猿鸟之亲和烟萝之好上。"英雄",此称钟尚书。钟尚书为趁乱起事,确有其能,故称他为"英雄"。"教化",政教风化。钟尚书主政明州后,确实需要文人助其推行教化,安定一方;他欲留下杜荀鹤,可见他是个明白人,并非仅是一介武夫。但当此乱世,杜荀鹤心在世外。"猿鸟""烟萝",均静者所好。唐诗有"窥萝玩猿鸟,解组傲云林"(韦应物《简寂观西涧瀑布下作》)、"猿鸟三时下,藤萝十里阴"(卢纶《过终南柳处士》)、"云萝共凤世,猿鸟同生涯"(皮日休《樵家》)、"宅带松萝僻,日唯猿鸟亲"(黄滔《敷水卢校书》)等等。杜荀鹤此处用其代指九华山的隐逸环境。他另有诗自云隐九华山"一入烟萝十五年"(《乱后出山逢高员外》),可为佐证。

颈联"风前柳态闲时少,雨后花容淡处多",写眼前四明景物,寄寓离情:杨柳在春风吹拂中忙碌着与人依依惜别,似乎没有闲时;原本姹紫嫣红的春花经过了一场雨,色彩大多暗淡了。此诚所谓"黯然销魂者,唯别而已矣",移情于物,景物着上了诗人心境黯然之色彩。

尾联"都大人生有离别,且将诗句代离歌",谓人生本不免于离别的,那么,我就聊且用诗句来代替离歌罢。此强作通达人语,实情谊至深。"都大",原来、本身。"离歌",伤别的歌曲。韦庄诗云:"一曲离歌两行泪,更知何地再逢君?"(《衢州江上别李秀才》)

本诗人情味浓郁。读者须知,杜荀鹤此时仍处困顿中,除了隐居,便是漫游,能有钟尚书识才留用,是深感其厚意的。此后直到钟尚书去世的前一年即大顺二年(891),杜荀鹤才登第,时已46岁。

陈长官

> 陈长官[①]（生卒年不详），名字、籍贯俱不详。五代吴越武肃王钱镠时为宁海县令。清吴任臣撰《十国春秋·吴越·列传》云："陈长官，事武肃王为宁海县令。会王命增州县赋税，长官上书极谏，王大怒，逮之狱。长官以死争之，得免。宁海故称剧县，租税视诸邑为独轻者，皆其力也。至今犹庙祀焉。"其事宋嘉定《赤城志》、明崇祯《宁海县志》、清光绪《宁海县志》皆有记载。其墓在县原社稷坛西，旧有长官祠。《古今图书集成·食货典·赋役部》载其诗1首，童养年据之收入《全唐诗续补遗》。

下狱有作

按则增科不自由，未曾举笔泪先流。
高田沙瘦常忧旱，沿海涂咸少有秋。
要使茧丝殚地力，愿将骨肉伴枷头。
一时种了黄连种，万代令人苦不休。

"下狱"，关进牢狱。据崇祯《宁海县志》载，陈长官被"逮系杭狱，不屈题诗壁间，死之"。这是一首七言律诗。

---

① "长官"非名，乃唐宋时期对县令的称呼。

首联"按则增科不自由,未曾举笔泪先流",谓按照新的规定增收百姓的赋税,实在让我极不情愿,以致最终身陷囹圄;才欲举笔,我的眼泪就止不住流了下来。"则",规章、法度,此指武肃王增收赋税的法令。"科",指赋税。宋秦观《田居》诗:"得谷不敢储,催科吏旁午。"

颔联"高田沙瘦常忧旱,沿海涂咸少有秋",谓宁海多山、濒海,高处的田地为沙质土壤而贫瘠,百姓常常忧惧天旱;沿海之地则又常受海水侵灌而为咸涂,粮食产量极低。此乃深知县情,陈述事实,词甚剀切。表明若再增收赋税,百姓实难承受。"秋",禾谷熟,引申为收成。

颈联"要使茧丝殚地力,愿将骨肉伴枷头",谓要像抽茧丝一般竭尽地力来敛赋,我不能那样做,宁愿坐牢,将我的骨肉长伴枷头。此联上句斥责统治者贪婪残暴,不顾土地实情,压榨百姓血汗;下句表明拒不执行增赋命令的决心,宁死不屈。"茧丝",指赋税,因敛赋如抽丝于茧,故以为喻。典出《国语·晋语九》:"赵简子使尹铎为晋阳。请曰:'以为茧丝乎?抑为保障乎?'"韦昭注:"茧丝,赋税;保障,蔽扞也。""殚",竭尽。

尾联以比喻收束,"一时种了黄连种,万代令人苦不休",谓我如果执行了增赋的法令,会遗患无穷,就如同在宁海这方土地上种下了黄连的种子,让后人有吃不尽的苦!读者须知,这是因为,古代按土地面积征收赋税,一旦确定了标准,会延续下去,往往有增无减。可见陈长官不仅考虑当前,且有远虑,真是一心为民的好官。

文学之感人,在于有人情味。陈长官体恤百姓,心善言慈;不畏强权,大义凛然;题诗壁间,分明为绝命之作,血泪书成,人情味至为浓郁。"未曾举笔泪先流""愿将骨肉伴枷头",千载之下,读之犹令人敬仰、缅怀。

契 此

> 契此（？—916），明州奉化人。《宋高僧传》卷二十一《唐明州奉化县契此传》载其形裁腲脮，蹙頞皤腹，常以杖荷布囊入廛肆，号为"长汀子布袋师"（世称"布袋和尚"）。卒于奉化岳林寺。事又见《宗镜录》《景德传灯录》《五灯会元》《明州定应大师布袋和尚传》（《卍续藏经》本）等。契此喜作歌偈，有偈云："弥勒真弥勒，……时人皆不识。"于是世人认为他是弥勒菩萨显身，后江浙之间多图画其像，大肚弥勒佛即以之为造型。契此的歌偈，《全唐诗》缺载，陈尚君《全唐诗续拾》收录23首。因这些歌偈的题材和内容多与宁波关系不大，今选其《插秧偈》1首。

插秧偈

手捏青苗种福田，低头便见水中天。
六根清净方成稻，退步原来是向前。

这是一首七言律绝。全诗用田夫插秧种田的寻常事为例，劝人行善，每句都含因果关系，通俗、形象地宣扬了佛理，富于禅趣。诗歌巧妙使用了语意双关和比喻的修辞方法，隽永含蓄，耐人寻味。"福田"，其意双关，既指插秧种田，能获得收成（即获取生活的幸福），又喻布施行善，可得福报。"低头"，其意双关，既指低头插秧，又指"道"不远求，只在本心。"水中天",既写实,指田水映照天空,又指心田澄澈空明,能纳天地万物。"六根",谐音双关,既指六棵秧苗的根(通常插秧时一窝秧为五六棵苗),又指人之眼、耳、鼻、舌、身、意。"清净",其意双关,既指秧苗的根须洗净,才利于其生长,又指眼、耳、鼻、舌、身、意六根要清净,方可学佛得道。"稻",谐音双关,既指水稻,又指佛之"道"。"退步",其意双关,既指插秧行为中向后退行的劳作方式,又指学佛修行和为人处世的法门。

本诗双层意义并行,插秧是表层意,读者得其形象;佛理是深层意,读者得其禅悟。二者水乳交融,天衣无缝。

● 弥勒佛木雕

蒋宗简

> 蒋宗简(生卒年不详),据《明州岳林寺志》卷三载,为桐城(今安徽桐城)人,五代后梁时任明州评事。罢官居奉川(在奉化),与契此游,世称"摩诃居士"。契此卒后,居东钱湖畔跨山。有诗偈 1 首,即《颂布袋和尚》,《全唐诗续拾》据以收入。

颂布袋和尚

兜率宫中阿逸多,不离天界降娑婆。

相逢为我安心诀,万劫千生一刹那。

这是一首七言律绝。

前二句"兜率宫中阿逸多,不离天界降娑婆",谓布袋和尚是兜率宫中的弥勒菩萨,他并没有离开天宫,却显身在人间。"兜率宫",佛教称,天之第四层叫"兜率天",其内院为弥勒菩萨的净土,即兜率宫。"阿逸多",梵语 Ajita 的音译,即弥勒。"娑婆",佛教语,"娑婆世界"(三千大千世界)的简称,又称"忍土",此指人间。《悲华经·诸菩萨本授记品》云:"何因缘故名曰娑婆?是诸众生忍受三毒及诸烦恼,是故彼界名曰忍土。"

后二句"相逢为我安心诀,万劫千生一刹那",谓我与布袋和尚相逢,他给予我安定内心的秘诀,即让我明白了世间千生万劫,都只是一瞬间而已。"万劫千生",即成语"千生万劫",指世世代代。因照顾律诗平仄而作"万劫千生"。

本诗赞颂布袋和尚为弥勒菩萨显身,庆幸与他相逢,他以大智慧启迪了我,使我消除了烦恼,内心得以安宁。

● 雪窦寺弥勒佛像

无 作

> 无作（生卒年不详），唐末五代僧，俗姓司马，字不用，自号逍遥子。姑苏人。幼即出家于苏州流水寺。唐昭宗时居洪州十年。后游四明山，吴越国国王钱镠仰重召之，无作以诗辞谢。归居明州，与孙郃等人为林下之游。卒于四明山。传见《宋高僧传》《十国春秋》等。

谢武肃王

云鹤性孤单，争堪名利关。
衔恩虽入国，辞命却归山。

本诗《全唐诗》收录。此即辞谢钱镠之召所作诗。"武肃王"，钱镠谥号，此标题为后人所加。

这是一首五言律绝。前二句"云鹤性孤单，争堪名利关"，谓高飞入云的鹤性情孤单，自由惯了，怎么能够忍受名和利的束缚呢？此诗人自比云鹤，表明喜欢自在，独来独往，不愿出入官场。"云鹤"，入云之鹤。陶渊明《连雨独饮》："云鹤有奇翼，八表须臾还。""争"，同"怎"。"堪"，能承受。"关"，控制，束缚。

后二句"衔恩虽入国，辞命却归山"，谓我领受您的恩德，虽然来到了您的都城，但我还是不得不辞谢您，而回到山中去。"衔恩"，受恩。

"国",都城,此指吴越国都城杭州。"山",此指四明山。

　　本诗表现了诗人不趋名利的高贵品质,"不用"之字,"逍遥子"之号,非虚设也。同时,四明山又增此一高人。

● (清)武丹《高山烟云图》

延 寿

> 延寿(904—975),俗姓王,润州丹阳(今江苏镇江丹阳)人。五代宋初禅宗僧人。早年为余杭吏,28岁在杭州龙册寺出家。广顺二年(952)主持明州雪窦寺。应吴越忠懿王钱俶之请,建隆元年(960)后,主持杭州灵隐寺新寺、永明寺,赐号智觉禅师。开宝三年(970)创建六和塔。开宝八年卒。著有佛学著作《宗镜录》《万善同归集》《唯心诀》。善作诗文,今存诗86首,残句8句;其中69首《山居诗》,非一时一地之作。延寿诗歌,《全唐诗》以"吴越僧"之名收入6首。《全唐诗补逸》录1首,其余录入《全唐诗续拾》。延寿传见《宋高僧传》《景德传灯录》。

姜山五峰咏

金鸡峰

松萝高镇夏长寒,透出群峰画恐难。
造化功成彰五德,洞天云散露花冠。

《姜山五峰咏》五首,南宋张淏宝庆《会稽续志》卷四"姜山"条载:"姜山,在(余姚)县(治)西北五十里,山有五峰,吴越智觉禅师延寿有诗,颇为人称道,读之,五峰之胜,可以概见……"又见乾隆《绍兴府志》卷四、光绪《余姚县志》卷二。另见刻于余姚姜山之"方丈碑",诗后刻称"右唐礙禅师五咏",署"庆元丁巳五月望日,住山清渭立石,蒋椿摹刻"。这五首诗,以上不同版本所载,文字差异较大,今依《全唐诗续拾》。

"姜山",嘉泰《会稽志》曰:"衷十里。山有五峰,曰金鸡,曰蛾眉,曰积翠,曰凌云,曰白马。山下有姜女泉、精舍。"姜山在今余姚市牟山镇湖山村(原名"姜山村")。

《金鸡峰》是一首七言律绝。"金鸡峰",其峰如鸡形,顶似鸡冠,在阳光照射下呈金黄色,故名。

前二句,谓姜山布满了高大茂密的林木,连炎热的夏天也充满了寒意;入此山林环抱之中,要想透视出五峰的整体面貌来,恐怕连绘画也难以办到。这是五首诗歌第一首的开头,故先以二句写姜山之整体面貌。下文才是写金鸡峰——因其为五峰之最高者,突兀易见,故作为第一首写之。而这前二句所写,又是对后二句所写金鸡峰的一个衬托。"松萝",指林木。"群峰",指五座山峰。

后二句,谓造化之功生成了一座挺拔、象形的金鸡峰,它向世人彰显着鸡的文、武、勇、仁、信五德;每当雄鸡昂首报晓,红日东升,洞天云散,金鸡峰便展露出它金灿美丽的花冠来。此由峰名加以联想,表现为形象与"比德"的天衣无缝的交融。"五德",谓鸡之五种品德,典出《韩诗外传》卷二:"君独不见夫鸡乎?首戴冠者,文也;足傅距者,武也;敌在前敢斗,勇也;得食相告,仁也;守夜不失时,信也。""花冠",指美丽如花的鸡冠。

本诗刻画金鸡峰,置于姜山整体之中来凸显其挺立之状;以其峰名作联想,不仅展其形象,亦赋予其"比德"的内涵。

蛾眉峰

盘空势险露岩根,深洞声寒落石泉。
好是雨余江上见,水云僧出认西天。

这是一首七言律绝。"蛾眉峰",其峰似蛾眉,故名。

前二句,谓峰势盘空,岩根裸露,从深洞中传出泉水跌落的清泠之音。此以近处之视听写来,从地表到地心,展示其雄壮、高峻、浑厚之美。近睹峰顶如"盘空",为下文远眺似"蛾眉"伏笔。"险",高峻。

后二句,谓恰是雨晴之后,水云僧从江上眺望,认得这一抹峰形,好似遥挂西天的蛾眉月。此转换视角,从远处眺之,展示其窈窕美。远观以托出峰名,得其天然象形之趣。"好是",恰是,真是。"水云僧",即游方僧,此为延寿自指。

本诗近观远眺,虚实配合,全方位展现了蛾眉峰的体量、形态和天趣。

积翠峰

翠压群峰地形直,落日猿声在空碧。
天风吹散断崖云,古松长露三秋色。

这是一首古体七言绝句。"积翠峰",其峰林木丰茂,如翠色堆积而成,故名。

前二句,谓此峰之青翠,胜压群峰,而且地形高直;落日时分,猿猴的长啸声在半空传响,似乎声音都被浸染成了碧色。"直",直立,垂直。"落日猿声在空碧",妙句新奇!猿猴攀缘于悬崖之林木藤蔓上,此句既表现了其峰之高,又刻画了其峰之"积翠";谓连从"积翠"中传出的"声"音都呈"碧"色,则"翠"色何其浓厚。"翠""碧",此处都指青绿色。从手法上看,该句将听觉形象转换为视觉形象,即所谓"通感"。[按,此处"在空碧"不宜作"在碧空"解(它不同于"片帆在空碧""浮云在空碧"的语法结构),否则义狭而味薄。]

后二句,谓每当天风吹散陡峭山崖上的云雾时,岩壁上的古松便呈露出它傲秋的苍翠之色来。此基于林木葱茂则多生云雾,而断崖风急则云开雾散,古松翠色真容显露;以古松为林木之典型代表,揭示"积翠"之"翠"为植被之色;"三秋"之色尚且"翠",何况他时。如此写来,极见诗思之细密。"断崖",扣上文"直"字。"三秋",此指秋天。松为长青之树,所以松树的"三秋色",仍是翠色。

本诗总在"积翠"之名上运思,具有景物审美导向和咏物方法启示之价值。

凌云峰

烟萝高巚势凌云,影泻斜阳出海门。
曾与支公探隐去,夜寒雷雨上方闻。

这是一首七言律绝。"凌云峰",其峰高凌云,故名。

前二句,谓烟聚萝缠的山峰,直上云霄;每到斜阳西射的时候,该峰长长的影子投于地面,就像是一条倾泻的河流,向东奔出海门。上句正面写山高；下句以山峰的投影，侧面写山高，且把随时间推移不断拉长的山影，比喻为河流（"海门"一词指内河的出海口），用动词"泻""出"搭配，极具流动之感。

后二句，谓曾与某位高僧前去探寻凌云峰的隐秘，寒夜宿于寺庙，惊闻雷雨大作，仿佛置身云天，极受震撼。此以亲身经历的一次"雷雨"现象，不言自明地关合了题目"凌云"。"支公"，东晋时高僧支遁。他曾隐居于四明山余姚境内的余姚坞和云溪广福寺，以及后世因他而命名的支山等地。延寿此处借用"支公"以称某位高僧。"上方"，此指天上。

本诗以山影写山之高、以雷雨写云之多，均是间接写法，颇见思致。

白马峰

湖外层峰泻危瀑，天际阴阴长寒木。
南北行人望莫穷，秋云一片横幽谷。

这是一首古体七言绝句。"白马峰"，其峰雨后有瀑布下泻并分流，远望如白马画山，故名。

前二句，谓牟山湖外的一座高峰上，倾泻下亮色的瀑布；这座山峰好似矗立天际，因它长满了耐寒不凋的树木，远望山色幽暗。此一明一暗，对比分明，正如图画一般。"湖"，指牟山湖。"层"，高。"危瀑"，高瀑。"阴阴"，指翠色植被覆盖而形成的幽暗之色。

后二句，谓此时属秋季，南来北往的行人还慕其"白马"之名而望之，却总是被幽谷中升起的一片秋云所遮蔽。此由瀑布不常有（尤其在秋冬季节），"白马"便不常现身，诗人善意地误导说是被云遮蔽的缘故，如此则让人信其峰名之不诬，且还激发人探奇的欲望，留下悬想。"穷"，揭穿，识破。"莫穷"，指看不见。"横"，充满，遮盖。

本诗围绕峰名进行诠释，出之以形象，诗味浓郁。

这五首诗，各扣峰名加以发挥，可以说非常精妙传神地描绘出了五峰胜概，足可使人卧以游之。五峰的共性是植被好、环境清凉，诗人作为一僧人，对此尤生欢喜之心，所以诗中着重于对此境的表现；就读者而言，读其诗，入其境，赏心悦目，陶情悦性。好诗妙如灵丹哉！

● 余姚姜山方丈碑

夜坐诗

孤猿叫落中岩月，野客吟残半夜灯。
此境此时谁得意，白云深处坐禅僧。

此诗作于雪窦山之中岩，最早见于宋释惠洪《冷斋夜话》卷六"诵智觉禅师诗"条："智觉禅师，住雪窦之中岩，尝作诗曰：'孤猿叫落中岩月……'"又见宋释普济《五灯会元》卷十《永明延寿禅师》，谓延寿初住雪窦时所作偈。又载清严行恂《雪窦寺志》卷三"中峰庵"条，题为《夜坐诗》，今依其题。《全唐诗续拾》据《五灯会元》收入，题作《偈》。

这是一首七言律绝。

前二句，谓在孤猿不断的叫声中，眼见得中岩的月亮落下了；野客苦吟至半夜，灯残将尽。这不过是世界万象中，延寿随意拈出身边所见闻的两例而已。孤猿为何鸣叫，野客因何苦吟？虽无从追问，但它（他）们"叫""吟"的行为，无不是生命的一种执着，却无奈"月落""灯残"所象征的时间之无情。

后二句，谓面对此境此时，有谁跳出界外，从而悟得生命的真谛呢？那就是"无一点尘埃"的白云深处的坐禅僧了。这个坐禅僧，便是延寿自己。那么，他禅悟到的真意到底是什么？没有说出。佛法本是自性，不可言说。又似乎他有意留给读者各随性分的深浅，以及境遇的不同，去自行领会。

不用说普通人，就连黄龙三世禅僧惠洪，在不同境遇下读此诗，得"意"也不同呢！他在《冷斋夜话》卷六"诵智觉禅师诗"条下记载说：

●（清）邹喆《松林僧话图》

"予尝客新吴车轮峰之下,晓起临高阁,窥残月,闻猿声,诵此句大笑,栖鸟惊飞。"新吴,此用汉唐时旧县名,南唐后已改为奉新县,即今江西奉新县。车轮峰在奉新县百丈山,唐代禅宗高僧怀海的常驻地。惠洪曾客寓于此,闻猿之声,他又另有《上元宿百丈》诗记载:"上元独宿寒岩寺,卧看篝灯映薄纱。夜久雪猿啼岳顶,梦回清月在梅花。"他窥残月,闻猿声,一下想到了延寿诗,不禁高声吟诵,感"其气韵无一点尘埃",会心而大笑。但是后来因与张商英、郭天信有交往而受牵连流放于海南琼崖,闻猿声而再回味延寿诗,他说:"尝自朱崖下琼山,渡藤桥,千万峰之间,闻其声类车轮峰下时,而一笑不可得也,但觉此时字字是愁耳。"前后得"意"如此大别,一"笑"一"愁",但无疑都是参悟。延寿诗本身的弹性很大,并没有要人做规定或导向性的接受。

后 记

　　唐代诗人咏宁波,以其飞扬的意兴和抉发与表现美的能力,给我们留下了宝贵的文学遗产。解读这些诗歌,必然广泛涉及宁波的自然山水、历史人文、风土物产等。尽管笔者此前已经对这些方面有较多了解,但为了撰写本书,只要有诗歌涉及的实境实物,大都又去考察过了,诸如剡溪、大隐溪、鄞江、姚江、四明山、龙泉山、梨洲山、姜山、雪窦寺、阿育王寺、石窗、鹿亭、上林湖越窑遗址……其诗意之体验,不乏登峰望霞、卧石聆泉、想象蓬瀛、身处海天、晨泛溪江、夜宿丘山、礼佛禅寺、访道幽岩……倘徉在宁波的唐诗之路上,古道长歌,竹杖清狂,恍若与诗人同游。当然,由于自然和时代变迁,唐人所咏的实境实物有的已不复存在,令人心生感慨;而有的却还可见,令人惊喜,则对照诗歌,心弦共鸣,兴复不浅。澄怀体物,恒变、存亡、盛衰、夭寿、兴替、往复……天道、人生之理,莫不蕴焉。诗歌之惠人,委实甚多。

　　谨对策划出版"宁波文化丛书"第三辑的袁志坚总编、给予我撰写本书大力支持的宁波文化研究会会长张如安教授、为编辑本书付出辛勤劳动的王苏女士、提供照片的各位摄影者,表示诚挚谢意!

　　我从宁波大学人文与传媒学院退休后,受聘于宁波大学科学技术学院,科院大力支持本书的撰写工作;科院陶艺专家胡成老师热心与我讨论越窑青瓷、秘色瓷器方面的诸多问题,并做瓷器烧制实验;慈溪陶瓷收藏家邱群杰先生主动出示若干秘色瓷片,以供观摩。特此一并致谢!

本书肯定存在诸多不足,诚请读者批评。尤望博雅君子参与对唐代诗人咏宁波的研究,匡我之所不逮。

2021 年仲春
于甬上释然居

图书在版编目（CIP）数据

泠泠唐音：唐诗咏宁波全解 / 李亮伟编著 . -- 宁波：宁波出版社，2021.4

（宁波文化丛书 . 第 3 辑）

ISBN 978-7-5526-4152-3

Ⅰ. ①泠… Ⅱ. ①李… Ⅲ. ①唐诗 - 诗歌研究 Ⅳ. ① I207.227.42

中国版本图书馆 CIP 数据核字（2020）第 246816 号

泠泠唐音　唐诗咏宁波全解

李亮伟　编著

出版发行	宁波出版社
	宁波市甬江大道 1 号宁波书城 8 号楼 6 楼　315040
	http://www.nbcbs.com
责任编辑	王　苏
责任校对	叶呈圆
责任印制	陈　钰　王璐璐
装帧设计	马　力
开　　本	710mm×1000mm　1/16
印　　张	14
字　　数	181 千
印　　刷	宁波白云印刷有限公司
版次印次	2021 年 4 月第 1 版　2021 年 4 月第 1 次印刷
标准书号	ISBN 978-7-5526-4152-3
定　　价	68.00 元

版权所有，翻版必究